MINGUO
TONGSU XIAOSHUO DIANCANG WENKU

民国通俗小说
典藏文库

耿郁溪 卷

古庙俪影
凤求凰

耿郁溪 著

中国文史出版社

图书在版编目(CIP)数据

古庙俪影·凤求凰／耿郁溪著. －－北京：中国文
史出版社，2021.3

（民国通俗小说典藏文库. 耿郁溪卷）

ISBN 978 - 7 - 5205 - 2737 - 8

Ⅰ．①古… Ⅱ．①耿… Ⅲ．①长篇小说 - 中国 - 现代
Ⅳ．①I246.5

中国版本图书馆 CIP 数据核字（2020）第 246251 号

责任编辑：蔡晓欧

出版发行：**中国文史出版社**

社　　址：北京市海淀区西八里庄路 69 号院　　邮编：100142

电　　话：010 - 81136606　81136602　81136603（发行部）

传　　真：010 - 81136655

印　　装：北京新华印刷有限公司

经　　销：全国新华书店

开　　本：720 × 1020　1/16

印　　张：14.75　　　字数：166 千字

版　　次：2021 年 3 月第 1 版

印　　次：2021 年 3 月第 1 次印刷

定　　价：55.00 元

目　录

古庙俪影

凤　求　凰

古庙俪影

第一章　邂　逅

"爱"与"恨"二者，都是人类本能的根性。因为有恨，所以人类永远不能免除痛苦。"爱"与"恨"本是相反的，心理学上说：爱与恨二者，常争斗不已。爱有时胜，然亦有时败。在相应的刺激之下，吾人不但互相爱而亦互相争，不但愿吾同类之安全与幸福，而亦愿吾同类之苦恼与死亡。倘若人类光是有爱的根性而无反对的掺杂其间，则爱必可以支配全社会之行动。但是人类又有恨，所以人们自己时常喊着人生矛盾，其实正是爱与恨的斗争互持不下而已。我们如果想谋社会人群的安全与幸福，就是想法子研究怎样可以培养人类爱的根性而渐渐减少恨以至模糊而消灭。

男女的恋爱，爱与恨的表现是最为明显的。爱就爱到极点，恨也是恨到极点。青年人的理智不足，爱与恨的情感发泄得特别厉害，在这个时候教育的力量是特别重要了。在我这篇小说尚未起始前，我拿起报来看见社会新闻里正刊着三个大新闻，有两个是律师杀害妻子的案子，一个律师已病在狱中，一个尚在辩论中。另外有一件新闻是一个警察奸学徒后又图财害命，在这里我们对于法制有所遗憾了。

人们对于残暴的爱发脾气的人，说他没有感情，这是错误的。

因为发脾气和对于人类有恨，这正是感情的发动。越是富于感情的人，爱情越不专一，越容易起变化。如果富于理智，他就可以把他的感情发动得中节，不致有什么遗憾了。理智是和年龄与知识俱增的，唯有知识可以培养人的理智。野蛮人和小孩子的理智是非常薄弱的。

恋爱一事，许多人都说应当纯粹感情的，不应当掺杂一点理智。固然，在两个人热恋的时候，只知道天地间唯有爱情伟大，要打倒一切束缚，这才是赤裸裸的爱。但是我们要知道，爱的反面根性"恨"，却在潜伏着，无时不想伺机出来发动一下。那是一个最危险的事。因为爱之过，不免求全过深，对方和异性谈一句，或是给一个异性写了一封信，马上"恨"的根性就要暴露出来，演变成嫉妒、虐待、行凶等悲剧，那时爱的根性完全崩溃而粉碎了。所以要想爱情长久，使人们得到爱情的幸福，只有把知识充实起来。

培养理性，一般知识不健全、没有受过学校教育的女人，只知道学摩登打倒礼教，社交自由。这不但会使自己陷于危险，并且把社会的安全都要影响起来，这是最大的罪恶呀。礼教固然应当打倒，但是先要把自己的知识充实起来再说。

闲话说得多一些，但是我不能不说。因为我近来直接间接地听说，一般中学生尤其女学生看我的小说的太多，受影响的也不少。有的闹家庭革命，有的谈起恋爱，都是看耿晓谛的小说的缘故。还有骇人听闻的传说：一位小姐自杀是小说里教给她的。不管这种说法是否含有其他用意，但是我听了，总是难过的。我写小说按良心来说，都是想叫青年男女得到恋爱的真谛。这几年来，下笔非常谨慎，绝没有一点肮脏的描写。我只是想把沉在爱海里的青年导入正轨，同时促家长和教育家，对于学生和儿女的恋爱也要注意引导他们，千万不要太压迫他们，不然是越来越坏。

我这种青年心理描写，也是给家长和教育家们看的呀。家长在家里所见到儿女的生活状态不是他们真挚的情绪，教育家在学校里见到他们的生活状态也不是赤裸裸的表现，我们非得抓着他们真正的天性来教导才能成功。有人说我的小说可以左右青年们的思想，这个担子我实在不敢负，我只不过是个大孩子来赤裸裸地坦白地替青年们向社会上说一说所要说的话而已。

现在该写的我小说了。

在端阳节这天，有两个青年，男的叫刘遇安，女的叫黄慧君，在长安的大餐厅的楼顶吃晚餐。太阳射在晚霞的后边，晚霞又在西山的后边，西山却由西边蜿蜒到北边，每一个角度都长着不同的颜色。近处是一片栉比的屋顶，隐在丛丛的树荫里，和楼顶的花草及各色的灯泡配着十分美丽。

那刘遇安端起酒杯来，对着黄慧君说道："今天这一杯是含有重大的意义，这是纪念我们一周年相聚。想起去年端阳节，我们演着近于悲剧的喜剧，是多么惊心动魄呢！只是那十分钟的时间变化着那种复杂的情绪，假如在那十分钟过去后，我仍旧没有重遇到你，那我们是不会有今日的。并且你那动人的故事我无由听见，你的境遇我无法了解，那是多么悲哀的事情呢。"

黄慧君一听，不由笑了，笑中是含着眼泪的。他们一边喝着酒，一边想起去年端阳节的事。在去年的端阳节，他们刚刚认识不久，可是他们却很热烈地互相爱恋着。刘遇安曾经听别人说过黄慧君是已经结过婚的，她的丈夫还在南方。并且说黄慧君和她丈夫的结合是经过一个极美妙哀婉的故事，那个故事是很动人的，许多人差不多都知道，不过都知道得不大详细就是了。刘遇安并不因为她曾经

5

有过爱情的故事而不爱她，更不因为她有了丈夫而不爱她。他的心已经完全被黄慧君吸引去了，他有时为她而神梦颠倒。他听说黄慧君有着一个美丽的故事，他觉得那是应该的，像她这样美丽的人，应该有那美丽的故事的。他一点也不因为嫉妒而减少对她的爱恋。

他平时喜欢研究小说，且喜欢听人家说故事。他曾向黄慧君问过几次，但是黄慧君总是讳莫如深，她是怕影响她和刘遇安的爱情。而刘遇安就越发疑惑了，对于她的爱不免有些怀疑。黄慧君又怕他不相信自己，遂承认以前曾经有过一段哀美的故事，可是现在还不到说的时候，必须要等到相当机会才能说呢。对于有丈夫的事，却不承认，她说并没有和她丈夫结婚，于是越发引起刘遇安的好奇，偏要听一听她的故事了。他屡次央求黄慧君给他说，并且保证听了全篇故事之后，决不减低他的爱情，或者因了她的坦白而更增加呢。黄慧君遂答应他在端阳节玩的时候，详细对他说了。他当然是很欢喜的。

在端阳节这天吃过午饭，他们便到太庙去。在高大的松柏树下，绿荫遮地的地方，拣了一个茶座坐了。碧天高远，白云缕缕，听灰鹤鸣声上下，越发显得幽静。

他们对坐着谈着天。刘遇安道："人家都说你有丈夫，可是你不承认你有丈夫，那么请你把你的故事说出来吧，不要使我对你的信用有所动摇吧。"

黄慧君实在有点不好意思，说起来怪害羞的。他们虽然已经恋爱到极热度，可是究竟认识的日子少。她道："你不必问了，有工夫我给你写信写出来吧。"

刘遇安道："写信多麻烦，况且那么曲折的一件故事。"

黄慧君道："我每天给你写一封信，每封里说着一点儿，那么

6

半年的工夫也可以写完了。"

刘遇安道："那我看着多着急呢？况且说比写要详细得多，只要两三个钟头，我就可以听完了。"

黄慧君说："不，我不说。"

刘遇安道："你不是答应说了吗，为什么还不说呢？我这人就是这样，如果答应说而不说，我就不痛快，心里别扭，还不如根本不答应我说倒好。"

黄慧君道："直当我没有答应你，还不成吗？"

刘遇安道："那不成，已经答应了再说不答应，也不成。慧君，说吧，我决不因为你的过去而对你有什么遗憾。你不必顾虑我们的爱情吧，我们的爱情，绝不会因为这个而有变化。"

黄慧君仍是不说，刘遇安着急了。他道："这样吧，如果你说出来，便是你爱我；假如你仍是不说，那是你对我的信心还不坚固，我便认为你不爱我了。"

刘遇安说了这种话，以为黄慧君一定要说的，谁知黄慧君仍是不说。刘遇安以为这不啻是她告诉自己说不爱自己的，他为了这个自尊心，他不得不把他方才所说的话，做出一种信用来。他道："好吧，过三分钟后，便是我们分别的时候了，这三分钟做你的犹豫期吧。"说着，他便闭目躺在藤椅上。

黄慧君道："干吗呀你？"

刘遇安道："请你珍惜这三分钟的光阴吧，不要说到别的了。"

黄慧君也是一个个性太强的女郎，她觉得刘遇安太强迫她了，她仍是不说。三分钟便在沉默中过去了。刘遇安原本是为吓她，好叫她说，谁想到她真不说，他也有点生气，便叫茶房算账。黄慧君见他这样坚决，假如自己屈服，又太自轻了自己，她便拿起皮页子，往后门那边去了。刘遇安见她这样倔强，又悔又气。悔的是不该做得这样坚强，气的是她竟一点回心转意都没有，拉倒就拉倒吧。伙计从老远走过来，递给他手巾，他擦了擦，掏出钱来，叫伙计找，伙计又回老远找钱，找回钱来，黄慧君已经出了后门，他便给了小费，也忙追出后门，但是黄慧君的影儿已经不见了。

他很难过，心中无主。一个洋车夫走过来，好像知道他正没主意，说道："拉您市场去吧？"刘遇安想到黄慧君也许上市场去了，便点头上了车。一直拉到市场，一路上注意观望，也没有黄慧君的影子。在市场里绕了一个圈子，也没遇见她，到两个咖啡馆，也没有。他无心在市场游逛，便走了出来。

雇车回到家里，在路上看了看表，才两点多钟，这样端阳节便如此过去，岂不太无聊了吗？可是不回去，又没有心情去玩。车走到御河桥，到南池子南口地方，他却见黄慧君正在丁字口地方转，似乎在寻找徘徊的样子。他知道她也是很着急的，心里一阵难过。他叫车在黄慧君面前停了，黄慧君见了他，不由从心里欢喜起来。

刘遇安道："你打算到哪儿去呢？"

黄慧君道："我不想到哪儿去，我在这里正在犹豫，我以为你一定在这等呢。"

刘遇安道："我们再回去吧，这时候大热天上哪儿呢？"说着，给了车钱，便又回到太庙。

刘遇安道："你在哪儿来了呢？"

黄慧君道："我不是离开茶座了吗，我没有出门，我到厕所去了。等到由厕所回来，已不见你。我转了转，那茶房告诉我，你往后门追我去了，我就又走出后门，可是没有见着你的影儿。我就慢慢往南找，找到南口，也没你。你上哪儿去了呢？"

刘遇安道:"到市场去了,转了两个弯,到咖啡馆坐了会儿,都没有你,便坐车回家来了,不想在南池子见着。想你在那儿站着的工夫也一定不少了,慧君,不要再这样倔强了,这样于你是没有好处,只有使你痛苦啊!"

他们又进到太庙,仍旧坐在方才坐过的茶座。这时连茶房也都纳闷,这二位怎么又回来了呢?他们坐在那里,痛定思痛,不由全都难过。

刘遇安道:"我的性格,大概你知道了吧?我只是希望坦白的、真爽的、热辣的,这并不是个性太强,而是理智的,已经制定于我们俩有利的,我们就毅然去做,不必犹豫。你虽然富于感情,但有一种寡断的毛病,这种寡断于自己幸福上实在有关系。固然我们遇到什么事,不应贸然去做,应当小心斟酌,谨慎观察。可是已经判明出是非来,那就不能再徘徊了。如果仍不能决定,那便是寡断,便是短处,尝试与错误也是人类的根性,寡断便是这种根性。理智盛强的人,就不会再有所徘徊。现在没有别的说的,仍请你说你的故事吧!"

黄慧君道:"嗬,绕了个弯子还是叫我说。"

刘遇安道:"那怎么着?再不说,还要那样?"

黄慧君道:"那样就那样,我才不怕。"

刘遇安笑道:"得,这回央求你还不成吗?"

黄慧君道:"我渴了。"

刘遇安道:"你渴了,我给你倒一碗茶。"说着,便给她倒了一碗。黄慧君面含羞笑地说起她的故事来。下面便是黄慧君所说的故事。

这个故事距离黄慧君和刘遇安说的时候,要往前数六年。那时候黄慧君才十七岁，是一个娇小玲珑的女郎。她是从南方来求学，住在她姑母家里的。她同她的表姐谢崇婉一块儿在辟才女中念书。谢崇婉年十九岁，虽然只比黄慧君大两岁，可是态度和言语等，都比黄慧君稳练大方得多了。谢崇婉是沉默安详，黄慧君是活泼好玩。黄慧君虽然活泼，但是又非常善感，一阵想起来那没有头绪的事，便伏在桌上哭起来，人家也不知是怎么一回事，有时连她自己也不知道怎么一回事。谢崇婉和她好极了，每天一块儿上学，一块儿吃饭，一块儿睡觉，一块儿买东西散步。甚至谢崇婉找情人，也要带着黄慧君一块儿去。她完全把黄慧君看成自己亲妹妹一样了。

谢崇婉有个爱人叫韩好学，这个人很老实，一举一动都仿佛有年纪的人，其实他是个不到三十岁的青年。他是很有学识的青年，又非常用功，他时常劝谢崇婉记日记，多看书，可是这并不和谢崇婉的性格相近。谢崇婉虽然喜欢文学，但是她又喜欢玩，像韩好学整天伏在桌上写、看、做，她是办不了的。不但她，许多女性不及男性的，就在这一点。书呆子的美名，只有男性享受。女人们只靠天才，有天才的，便比男人优秀；没天才的，不是堕落，就是屈服。女人是水做的，不错，但水是流动的呀！

韩好学虽然没有天才，但是很用功。谢崇婉虽然仰慕他的博识勤学，但不喜欢他没天才。女人不喜欢没天才的男人，这是女人的弱点。因为有天才的男子往往对于女性不大忠实，女性只是好慕虚荣，这于女人本身不大有利的。

黄慧君那时年纪很轻，觉得韩好学人很老实，又有学问，实在是谢表姐的好伴侣，她不知道谢崇婉对韩好学却不大忠实呢。谢崇婉的意思是拿韩好学做大本营，慢慢再物色好一点儿的。如果找不到了，那么嫁韩好学也不算太坏。她是进可以攻，退可以守，眼光似乎是远，其实却浅薄得很。她完全没有顾虑到韩好学将来如何。韩好学以为谢崇婉很好，自己也死心塌地地用起功来，以准备将来结婚后谋到很好的职业。

黄慧君时常拿谢表姐打趣，希望他们成就美满姻缘。有时她拉着谢崇婉去找韩好学，她觉得韩好学和谢崇婉在一块儿，特别痛快似的，他们若是亲爱，自己也为之高兴。他们之间有一个不高兴时，黄慧君就极力替双方解释，跑到谢表姐面前夸韩先生如何好，如何忠实，跑到韩好学面前说表姐如何喜欢他，如何爱他。她给他们双方圆全说好，使他们得到最后的幸福。他们和好的时候，她也欢喜。他们因为一点儿小原因而闹意见时，她也不高兴。总之，她觉得谢表姐和韩好学是再没有那样美满的伴侣了，他们如果结了婚，那是多么高兴而好玩的事呢。

黄慧君对谢崇婉说："表姐，韩先生叫你记日记，你又好几天没有记了，你多辜负韩先生的好意呢？"

谢崇婉道："那是书呆子的玩意儿，别理他那一套了。"她虽然知道韩好学的学问好，可是她总是轻看他，这是韩好学太书生气的缘故。

这天礼拜三，是她们到东城学国画的日子，她们每星期三和星期六到东城学国画。以前谢崇婉和黄慧君学着学着便减兴了，有时候就告假不去，而跑到市场去玩。后来谢崇婉却每天盼着礼拜三，到了这天老早就去。这里有个原因，因为画会里最近去了一个标致少年，叫白松生，他和谢崇婉同岁。他们每星期三见一次面，可是他们并不说话，慢慢熟识之后，也只是相见一点头就是了。谢崇婉见了白松生这样漂亮的少年，自然喜欢之至，连黄慧君也觉得白松生是很好玩的。白松生有点女性化，穿着绸衫，很有点弱不禁风的样子。谢崇婉自认识了白松生之后，真好像给自己生命上添了不少生活素，可是对于韩好学便置之脑后了，韩好学因而失恋了。

韩好学失恋后，自然非常痛苦。黄慧君倒是劝过谢崇婉两次，叫她别太叫韩好学失望，可是谢崇婉却说"爱情不是勉强的"。谢崇婉始终不理韩好学。黄慧君也觉得白松生倒是比韩好学强得多，那样年轻漂亮，正可以和美丽的表姐相配呀。所以她也不再劝谢崇婉，而渐渐又拿白松生和表姐开玩笑了。

黄慧君道："今天又是星期三了，表姐要打扮得更美丽一点呀！"

谢崇婉笑道："你这小鬼，永远不会说一点儿正经的。"

黄慧君笑道："表姐给他写信哪，不写信怎么能够进步呢？"

谢崇婉道："不要太失了女孩子的尊严吧，那样是叫人看不起的。"虽然她这样说着，可是仍旧和黄慧君很高兴地到画会去了。

真奇怪，连谢崇婉也纳闷为什么一个陌生男子竟会这样占据了自己的心。她一想到白松生，都非常愉快的，仿佛自己有一块无价之宝在自己的怀里一样。若是遇着白松生，立刻能使红白血球的循环速率增加，爱情真是神秘呀！

可是谢崇婉见着白松生之后，又处处回避着，别人都和白松生随便谈话，而她反躲着他。黄慧君非常纳闷，她知道表姐是非常爱白松生，甚至时常提到白松生的名字，但是见了白松生为什么又这样躲避？要是爱，就应当和他说话才对呀。其实她不晓得，爱的神秘，便在这儿呀。

谢崇婉躲避白松生并不是害羞，她只是怕别人看出她爱他来。但是哪天若白松生来晚了，她是非常着急。白松生若是早走一会儿，她便无精神画了，就仿佛失了神一样。假如白松生这天没有来，她的心是那样不安宁，甚至猜疑到种种方面去。倘若白松生没来的那天，有个别的女同学也没有来，她便疑惑他们一定定好约会玩去了，她再也没有那样悲愤和沮丧的。

黄慧君只知道谢表姐非常爱白松生，但并不知道她心里是如何的复杂。因谢崇婉永远是心里的哀怒表面上不显出来。但她无论怎样遮掩，终是被人看出来的呀，连她的哥哥谢崇文都看出来了。

谢崇文比谢崇婉大两岁，在北大读书。他知道他妹妹和韩好学很好，近来看她的态度忽然变了，一定大有原因，便去问表妹黄慧君。黄慧君便把在画会遇到白松生的话说了一遍，并且说表姐很爱他呢。谢崇文听白松生的名字，仿佛有点耳熟，因为这是妹妹自己的事，自己不好参与，所以也就不问了。

星期三这天，她们很早到了画会，可是白松生没有去，这是第二次没有去了。谢崇婉很是纳闷，有心问问先生又怕先生耻笑。不过听别人说，白松生打算不来了，因为他年轻，根本就学不长，干什么都干不长，只是好玩。像画画这种事，他以为很好玩，但画着画着就畏难而乏趣了。谢崇婉听了非常扫兴，以为这一来，是没有见他的机会了。她想，他为什么这样性不长呢，是和他的兴趣不合吗？本来，这种功课连我都不喜欢，不用说他了。可这画会里就没有一件可以使他留恋的吗？这样一看，他对于我是没有一点爱的观念了，要不然他不会就随便放弃了这个地方。

她有点悲哀，可是她又想到，也许他和别人恋爱了，所以他故意退学，或是他的对方怕别人夺她的爱，而使他退学，这都是极可靠的理由呀。她想到这里，便不禁伤感而忧郁不欢。

她的哥哥谢崇文见了，感到纳闷，便偷着问黄慧君，谢崇婉到底又为了什么。黄慧君便把白松生怎么两次没到，听说要退学，所以表姐不高兴了，说了一遍。

谢崇文说："真是奇怪，一个漠不相关的人，为什么要这样的关心呢？"

黄慧君道："他们也曾经谈过几回话，互相介绍了自己的姓名住址。"

谢崇文道："那么那白什么生，白松生是不是，他住在什么地方？"

黄慧君道："我那皮夹子里还有他一个片子，上面印着呢。"

谢崇文道："拿来我看！"

黄慧君找了那张名片交给谢崇文，谢崇文一看那住址，想起来了，怨不得那名字仿佛见过呢。原来白松生是自己一个同学的弟弟，那个同学虽然退学到南方去了，但是他家里自己却去过几回的。想到白松生是很漂亮的少年，他点了点头，没有言语，把名片又交给黄慧君。

谢崇文想想，怨不得妹妹这样想念他呢，白松生有着动人的身形和姿态。他大概和妹妹同岁，可是性格却未必相近吧。那白松生还免不掉孩子气呢，可是妹妹已经稳重得很了。看吧，明天到他家里去一趟，假如白松生仍没有对象，而能够和妹妹成功，倒也不错。看这样子，妹妹对他似乎很深情呢。想罢，第二天便找白松生去了。谢崇文也是一种好玩心理，以为妹妹心爱的人，和自己却是朋友，突然使他们见了面，那是多么有意思，妹妹如何感激自己呢！

谢崇婉自白松生不到画会去，她也不喜欢去了。黄慧君还劝她，何必把他挂在心上呢，假如想他，按照地址，给他写信也没有关系呀。黄慧君到底是幼稚，想出来的主意都是那么天真坦白。谢崇婉虽然也曾想到那样做，可是她料到假如白松生不回信呢？那是多么难堪，白白毁了自己的尊严。倘若白松生拿了自己的信再向他的情

14

人炫耀，那自己的体面更要扫地了。

谢崇婉道："不要那样做吧，真诚，是容易叫人看作下贱的。"

黄慧君道："其实韩先生也不错，如果你这时再理他，他一定更喜欢你了。"

谢崇婉道："爱情不是勉强的。"

黄慧君道："韩先生对你真不错，他总是劝你用功，劝你做日记。"

谢崇婉道："哼，他那是鼓动我写日记吗？他是由日记里探察我每天的行动，难道我要为了他而限制我的自由吗？"

黄慧君道："白先生除了漂亮，还有什么好处吗？"

谢崇婉道："只知道他是天真坦白，富于情感的。"

她们正说着，猛然谢崇文由外面进来，在院子里就喊："妹妹，有个朋友来了，我给你介绍一下吧。"

谢崇婉低声道："讨厌，什么朋友给我介绍呢，我才不理。"说着，也不言语。

就听谢崇文把那个人让到客厅去，一会谢崇文走进上屋来道："妹妹，你去见一见，我答应给你们介绍了。"

谢崇婉道："什么破朋友，我才不见，以后还是少同你那不三不四的朋友提我。"

谢崇文笑道："这个朋友跟我特别好。"

谢崇婉道："特别好怎么着，与我无关。"

谢崇文又笑道："嗬，这架子，这要是白松生来了呢，你就……"

谢崇婉忙道："哥哥，你在胡说，这是谁告诉你的？"

谢崇文笑道："我能掐会算，并且还能拘神遣仙。"

15

谢崇婉道："又是慧君说的吧?"

黄慧君笑了,向谢崇文使了一个鬼脸儿。

谢崇文道："你别诬赖好人,完全是我算出来的。我说我那朋友在客厅坐着,你们不过去,叫人家那儿等着吗?"

谢崇婉道："活该了,谁叫他来的,你快陪他去吧!"

谢崇文道："要不然叫他到上房来见你好不?"

谢崇婉道："不必。"

谢崇文道："我去叫他。"

说着,便跑到客厅,果然把那朋友拉了过来。谢崇婉正往里屋跑,有点儿来不及,那个人已经走进来了。谢崇婉一见,不由惊喜,连黄慧君也"呀"了一声出来,原来那人不是别人,却是多日不见、心头想念的白松生啊!

谢崇文笑着,笑得那么坏,他道："给你介绍一下吧?"

谢崇婉也笑道："不用你介绍,我认识。真是难得白先生肯光临敝舍。哥哥怎么认识白先生?"

谢崇文道："我会勾神遣将,请坐下谈,我去叫老妈子沏茶去。"他跑出去。

谢崇婉道："听说白先生要退出画会了?"

白松生道："没有,上两星期因为有点儿事,没有去。"

黄慧君一听他没有退学,十分欢喜,在旁边坐着,一个人笑。谢崇婉也是欢喜的,她道："我们都以为你要退学呢,你近来很忙吗?"

白松生道："家里有点琐碎的事。"

黄慧君道："白松生一退学,我们也要退学了。"

谢崇婉看了她一眼道："画会里面的人,我真有些讨厌她们,一

16

个一个仿佛没有学问的样子，你看那个姓秦的太太，多么俗气呀！"后面这句是对黄慧君说的。

黄慧君道："是呀是呀，真是好几个人我都不大喜欢。"

白松生道："是的，我也觉得画会里面人太不齐。"

他们三个人一说起来，仿佛就是他们三个人崇高似的。这时老妈子端了茶来，谢崇文也走进来，谈了一会儿，越谈越高兴。

谢崇文道："以后可以常来，虽然我不在家，有妹妹她们可以招待。"

谢崇婉道："是的，你以后有工夫就可以来，我们都随便极了。我父亲不在家，我母亲也不管我们。"

谢崇文道："除了哥哥以外，她们谁都不怕。"

谢崇婉道："谁怕你呀！"他们全笑了。

他们谈得别提多么相投了，因为他们都在往一块儿说，自己的个性意见，暂且先藏起来。那"个性"于友谊的增进上是有妨碍的，所以初恋的时候，都是"委曲求全"，等到进恋爱的时候，便是"求全责备"了。恋爱的时候不闹意见者，真是很少。

白松生又坐了一会儿，看看时候不早了便要走，他们便再三拦他，说吃过晚饭再走。白松生仍是要走，黄慧君道："白先生真客气，我表姐真喜欢和你多谈一谈呢。"白松生一听，只得答应留下了。他们都很欢喜，又高兴地谈起来。一会儿饭得了，大家吃起来。

谢崇婉越看白松生越爱，她想了许久的人，居然能到家里来，和自己在一桌上吃饭，这是多么使自己高兴的事呢，她再没有像今天这样痛快的了。

吃完了饭，谢崇文便故意躲开了，她们仍谈起来。

谢崇婉道："白先生一定朋友很多吧?"

白松生道："没有，我一个小孩子，也不会交朋友。"

谢崇婉道："今年白先生是……"

白松生道："我今年十九。"

黄慧君道："和我表姐同岁，真是好极了。"她觉得同岁都是喜欢的，她真是天真呀。她虽然说话有时过于坦白，但是对于白松生与谢崇婉的爱情上却往往有利而无害。男女的爱情，有时被环境所促成，黄慧君就不啻是他们一个传心意的蝶儿，所以他们都很喜欢她。

谢崇婉道："白先生为什么不交一个朋友呢？"

白松生道："哪里有呢？"

黄慧君道："我表姐可以算个朋友吗？"说完一吐舌头笑了，他们也笑了。

白松生道："不过这是从今天起，今天以前我还是没有。"

谢崇婉道："画会里有几个女人，不是和你很好吗？"

白松生道："算不上好，不过在会里随便应酬而已。"

谢崇婉道："你功课很忙吗？"

白松生道："去年刚考进去是很忙的，现在一点也不忙。上午完全是雕塑，可以随便出入，有时候半天半天地玩。"

谢崇婉道："白先生学的是雕塑吗？"

白松生道："对啦，可是我还不大喜欢。"

谢崇婉道："雕塑也很好，我以为。"

黄慧君道："白先生一定对于音乐很有研究吧？"

白松生道："对于音乐一窍不通。"

谢崇婉道："表妹喜欢音乐的，一天到晚总是哼哼着，见了谁都问喜不喜欢音乐。"

白松生道："音乐本来是很有意思的，我是非常喜欢听，可是自己太笨了，所以一点儿也不会。"

　　虽然一点儿也不会，可是谈起来也很相投，因为这时是委曲求全的时候。现代青年谈恋爱，都是先互相爱了，然后再找脾气是不是相合。等找到不合了，也就晚了。

　　谢崇婉道："白先生对于文学很有研究吧?"她之所谓研究，不过是看几本巴金、冰心、沈从文等的小说而已。

　　白松生道："是的，我非常喜欢文学。"

　　谢崇婉道："您喜欢看谁的小说?"

　　白松生道："我最喜欢什么《福尔摩斯侦探案》《亚森·罗宾全集》等等。"谢崇婉才知道他是喜欢看林琴南所译的小说之类，所谓桐城派的文章。青年人物而喜欢研究古文，的确是不可多得呀! 这时候怎么说都是好的。

　　于是他们又谈到文学问题，谈了很久。白松生觉得时候不早了，才告辞走出。她们也觉得谈得很是高兴了，满意地送出门去，并且说有工夫就可以来。

　　白松生去了，谢崇婉很快乐地跑进屋来，黄慧君更快乐了。她道："婉姐，今天太有意思了，大哥真会恶作剧，他原来认识却不告诉我们，婉姐还直说不见，大哥真坏。"

　　谢崇婉笑了，停了一会儿，便道："哎呀，我该记日记去了，我许久没记了。"

　　黄慧君笑道："婉姐不是不记日记了吗?"

　　谢崇婉笑道："不，从今天起，我要每天记了。"说着，便跑到她们住的屋子，记起日记来。黄慧君给她唱着爱情的歌曲。到了夜里，她们又谈了一会儿白松生，这才睡去。

第二天，她们仍旧希望白松生来，可是她们又知道白松生不会来，但是又以为也许能够来，结果是没有来。第三天，她们的希望比昨天又多一些，她们以为隔了一天，他一定会来的，但也许为了自尊，不会来的，结果是又没有来。第四天，她们的希望更加多了，以为白松生隔了两天，还不来吗？可是按理想，隔了两天，也不算久，那么他也许再等一天，但是他若有感情的话，今天是会来的了，结果白松生并没有来。她们稍微显得不安些，等待的颜色浮上面容来了，而她们总还是快乐地谈着，没有忧虑。

第五天，她们几乎断定他是要来的了，以为在人情在礼貌，都非来不可，精神也似乎感到他要来似的。她们下午就没有上课，特别收拾了屋子，买了些糖果。

黄慧君道："婉姐，我相信白先生今天一定要来的，那天玩得不是很有意思吗？"

谢崇婉道："也不一定，他也许忙呢。"她虽然期望得比黄慧君殷切，但她不敢想满了，她知道满要招损的。不过她也料到白松生是会来的。她道："慧妹，今天我们还到市场去吗？"

黄慧君道："万一白先生要是来了呢？"她向表姐一笑，谢崇婉也没有言语。到了晚上，白松生也没有来。

谢崇文回来了，先跑到她们的屋子里问道："妹妹，白松生来了吗？"

她们说："没有来。"

谢崇文道："他也许忙吧，学校这两天考试。"

她们一听大哥说了这话，心里也觉安慰了好多，本来好像有一块石头重重地压在心头，被表哥一句话，那石头就渐渐轻了好多。

谢崇文道："明天我再看他一下。"说着出去了。

谢崇婉在灯下拿出自己的日记本子，用钢笔蘸墨水写道："为什么他不来呢？他不想往友谊上再迈进一步吗？但是维持友谊也可以来呀！崇婉，放下吧，这不是你的道路。呀，你要谨慎，不要自陷于不可收拾的境地里。"写了，又看了看，又写道："也许他是考试很忙，不要怨恨他吧，他是多么可爱呀，我永远不怨恨他。他爱我，那是我的幸福；他不爱我，我也认为应该，反正我是爱他的。"她写完，看了看，似乎又要写，可是写不下去了。她觉得无聊，她想睡觉。

　　黄慧君道："今天这么早睡吗，看这天多么热呀。"

　　这时，忽然门铃响了，跟着外面邮差喊信。黄慧君叫女仆道："张妈，快拿信去。"张妈两只小脚就好像两根木槌，噔噔噔跑出去了。一会儿，跑进来，便拿着信往老太太屋里走。

　　谢崇婉道："我看看是谁的。"

　　黄慧君先跑出去把信接了过来，在院子的灯光下一看，不由叫起来道："婉姐，白先生的信。"

　　谢崇婉连忙道："快拿来我看，这个张妈胡送。"

　　黄慧君跑进屋来，把信交给谢崇婉，欢喜地在旁边看着。谢崇婉用剪子剪开，把信纸拿出来，她们放在桌上一看，那信是文言的，带着秋水轩尺牍的味儿写道："昨簪盍高斋，倍蒙优渥，感谢良深。近日考试忙碌，未能造府领教问安，既惘怅而歉仄也。本星期六画会，尚希早去，借便一谈。"底下又说了些客气话，她们全高兴了。

　　谢崇婉立刻也不困了，写起回信来，信皮信纸都用讲究的，用钢笔细细地写，写得又整齐又清秀。因为来信写着的是她们两个人的名字，所以她也把黄慧君的名字写上了。信写完封好了，已经夜间十二点了，黄慧君带着笑容进入睡乡。谢崇婉躺在床上，看了黄

21

慧君一眼，她又拿起白松生的信，看了两遍，然后折叠起来，好好装入信封里，放在自己的怀里，闭着眼睛想了一会儿，然后才放在桌上，捻灭灯睡去。

到了星期六，她们老早就到画会去了。遇到白松生，她们相视一笑，可是并没有什么畅谈。他们彼此都有一点避讳似的，不过每一次目光接触，总不免相视一笑，精神上已经亲近得多了。可是谢崇婉一见白松生和别人说话时，她就有一种说不出来的嫉妒。

到了晚上他们陆续出来，白松生和谢崇婉、黄慧君一块走着，白松生似乎还有一点忸怩，怕同学看着不合适。谢崇婉本想跟他说，叫他明天到家里去玩，可是又怕碰钉子。假如白松生不去，于自己多么难看呢！

黄慧君倒是天真。她道："白先生明天礼拜有事吗？"

白松生道："没有。"

黄慧君道："找我表姐来玩好吗？"

白松生道："好，我正想去呢。"

谢崇婉欢喜了。她道："我们研究研究文学好吧？"

白松生道："好极了，明天一定去领教。"说着，他们就分别了，谢崇婉和黄慧君回到家里。

第二天，吃过午饭不久，白松生就来了。谢崇文因为有事出去了，老太太也到亲戚家看望去了，她们便在客厅谈得十分畅快。谈到文学，他们都发表好多意见，这意见难得都会一致，于是他们便全都满意。继而由文学问题而转到恋爱问题，他们也是意见一致，都主张恋爱应当是爱情专一、精神纯洁、伟大神圣。于是越谈越高兴，越谈越相投。

谢崇婉怕光是谈话太寂寞，又拿了扑克牌来玩。好在客厅里就由着他们反了，也没有人管。一直玩到晚上，谢崇文回来，白松生方才告辞走。谢崇文还要留他吃晚饭，他再三不肯，结果还是走了，预约星期三来。

谢崇婉说："不上画会了，干脆在家玩一天倒好。"白松生答应了。

别了之后，谢崇婉想到白松生今天所说的话，有许多地方仿佛是有意的样子。比如谈到恋爱问题的时候，他不是常对自己笑吗，那笑是多么诱惑人呢。她心花怒放一样地欢喜，她觉得和韩好学在一块儿时，也没有像这样使自己高兴过。

第二天晚上就接到白松生的来信，里面的词句等，比上一次又亲密多了似的。最末有这么一句："闻西洋的习惯，凡情书之邮票均系倒贴，表示求爱，试问有谁?"

谢崇婉看了这句话，心里一动，连忙看他来信所贴的邮票，果然是倒贴，她不禁笑起来。叫黄慧君道："你看这句是多么有意思。看完了这句，你再看他的邮票，不是正倒贴着吗?"

黄慧君一看，果然，遂喜道："婉姐，他已经向你求爱了，当然不要拒绝他呀!"

谢崇婉道："但不能自轻了吧?"

黄慧君道："可是这头一封信，如果叫他失望，以后就更难进步了。"

谢崇婉听了，遂不即不离地给他写了一封回信，邮票也是倒贴着的。

到了星期三这天，她们没有上画会，白松生下午果然来了。

谢崇婉道："我的信接到了吗?"

白松生道："接到了，今天早晨接到的，我以为下午就见面了，所以没有写回信，需要我写回信吗?"

　　谢崇婉道："嗯。"

　　白松生道："那么我在这里写吧!"

　　谢崇婉道："说出来得啦，不用写了。"

　　黄慧君道："在这里写没法儿贴邮票呀。"他们都笑了。

　　他们三个人又在客厅里玩起来。白松生道："我现在说我要写的回信吧。"

　　她们道："好极了，说吧。"

　　白松生道："说还是不如写，最好还是拿纸笔来一边写，一边说，多好。"

　　黄慧君道："好极了，我去拿纸去。"说着，她便跑了出来。

　　谢崇婉看了白松生一眼，白松生向她笑了一下道："为什么不上画会呢?"

　　谢崇婉道："我不爱去，没意思。"

　　白松生道："我还想去。"

　　谢崇婉一惊道："哦，哼。"

　　白松生笑了，走近她道："别生气，我是说笑话呢。"

　　谢崇婉一听便笑了，她道："为什么跟我说笑话呢，我不喜欢。"

　　白松生道："不喜欢说笑话吗? 那么就不说，今天天气很好呀，您说是不是?"

　　谢崇婉道："我也不喜欢说这种话。"

　　白松生道："那么喜欢听什么呢?"

　　谢崇婉道："我呀?"

　　白松生道："是的，小姐。"

　　谢崇婉道："我喜欢听……"她底下不说了，好像在想。

24

白松生道："一定喜欢听我那句话。"

谢崇婉道："哪句话?"

白松生道："只有三个字，是我……"

底下还还没有说出来，黄慧君跑来了。她道："婉姐你看，这信纸好吧?"

谢崇婉道："好。"

黄慧君便铺在桌上道："好吧，白先生请来写。"说罢，便笑起来。

白松生道："我写什么呢?"走过来，坐在椅子上，拿起笔来。

谢崇婉和黄慧君分立在他的两旁，一阵阵香味扑到鼻子里，他有点心旌摇荡，便一边写着一边念着，写一个字说一个字道："今——天——天——气——很——好——啊——"

谢崇婉道："你又写这个。"

白松生道："我写一首诗吧。"

黄慧君道："那也可以，但是必须自己做的才成。"

白松生道："我不懂平仄和韵，怎么能做呢?"

黄慧君道："做新体诗。"

白松生道："做新体诗也不会。"

黄慧君道："随便写吧，不必押韵。"

白松生想了想，便写道："昔日东吴有二乔，大乔温柔小乔娇。"

她们全笑了，谢崇婉道："慧妹，你把那留声机搬过来，我们唱几个片子好不?"

黄慧君道："太好了，我去搬。"她一边跑出去，一边叫张妈。

谢崇婉对白松生道："你刚才说那句只有三个字，什么字呢?"

白松生站了起来，立在她的面前，低声说道："我想你又不喜欢听了。"

谢崇婉道："不，我喜欢听。"

白松生道："是吗，我，我爱你！"

谢崇婉听了，立刻把头往白松生怀里一挨，白松生抱住了她，一阵浓烈的香氛，冲到他的鼻孔。有一个美丽的面容显在眼前，那红的唇，似乎在跳动着。两个人又是初次和异性拥抱，急促的喘息，显得紧张而又沉默，这是多么畅快，畅快得要疯狂了。他牢牢地抱住她，她只是软软倚着，两个嘴唇儿触在一起，她的眼睛闭上了，她忘了环境，忘了一切，甚至忘了自己。

这时候，张妈一边说着话一边走了进来："这话匣片子敢则这么沉重，我都有些搬不动。"他们便立刻分开。黄慧君搬着留声机也走了进来。

谢崇婉道："咱们接过来吧。"白松生便接过老妈子的唱片，放在桌上。跟着又接黄慧君的留声机，也放在桌上。

黄慧君道："你们选择唱片，我来上弦。"

谢崇婉便和白松生来看片子，白松生道："这个不错，刘宝全的《大西厢》。"

谢崇婉道："不好，我不爱听。"

白松生道："你爱听什么，我来给你找。"

谢崇婉道："我爱听戏。"

白松生道："来这个，梅兰芳的《俊袭人》。"

谢崇婉接了过来递给黄慧君。黄慧君一听他们的口气变了，方才还有点儿客气，现在居然由"您"而变成"你"了。她晓得这么一会儿的工夫，他们明白地表现他们的爱了，她很喜欢，又很羡慕，但多少又感觉一点寂寞。

他们玩了一会儿，到了晚饭时候，她们又坚持留白松生吃晚饭。吃饭的当儿，她们又把白松生给谢老太太见了，谢老太太也是很喜欢他的。他一直待到夜里才回去。

谢崇婉今天记日记，就有点避着黄慧君了。黄慧君道："婉姐，今天的日记，为什么不可以给我看呢？"

谢崇婉笑道："没什么。"

黄慧君道："嗯，你当是我看不出来呢，我早就看出来了。告诉我，你们怎么了？说呀！"

谢崇婉道："你看我日记吧。"

黄慧君把她的日记拿过来，一边看着，一边笑。看完了便边鼓掌边跳着说道："婉姐，请我吃糖，我早就看出是这么进行的。"

谢崇婉笑道："可先别同哥哥说！"

黄慧君道："当然，其实说也没有什么。"

谢崇婉道："先别说。"

黄慧君道："好。可是，婉姐请我什么呢？"

谢崇婉道："明天我们到真光看电影去吧。"黄慧君当然喜欢了。

到了夜间，她们躺在床上，谢崇婉想到今天的快乐，哪里睡得着呢。黄慧君想到人家的快乐，虽然有时一阵阵感到寂寞，但是爱的真正快乐，她还没有尝到，所以她还没有什么嫉妒。

到了第二天，她们因为时间还早，便先到市场去玩。不料她们正在走着，却无意和白松生相遇了。真奇怪，平常一个朋友很久很久遇不着的，可是一遇着，跟着便时常遇着。昨天他们刚分别，今天就在市场又遇到了，她们更高兴了。

谢崇婉道："你到哪儿去？"

白松生道："我由家来，买点东西，买完了就回家。"

27

谢崇婉道："你一个人吗？"

白松生道："可不是我一个人。"

谢崇婉道："你等谁吧？"

白松生笑道："你如果不放心，我可以陪着你们玩，还不成吗？"说着便约她们到美香村咖啡馆里坐了。

白松生道："你们打算上哪儿去呢？"

黄慧君道："表姐请我看电影，白先生也得请客呀。"她笑了。

白松生道："好，今天电影就算我请客吧。"

他们要了些"情人梦"加路比斯，一边谈着话。谢崇婉道："你今天来一定有约会。"

白松生道："真是，我已经答应你们看电影，怎么还疑惑我有约会？难道我陪着你们看电影，把人家爽约就可以了吗？"

谢崇婉道："失约怕什么，明天再去赔不是就把人哄过来了。"

白松生道："这真叫我着急了，那么明天我再找你去还不成吗？我天天找你去玩，还不成吗？"说得她们都笑了。

谈了一会儿，他们便一同看电影。看完电影，白松生道："我吃了你们两顿饭，今天我得回请一下。"于是又约她们到安福楼吃了便饭。出来在街上散步，一直同她们回到家，又在她们家里玩了一会儿，白松生才回到自己家。

从此，白松生便时常到谢崇婉家里去玩。谢崇婉因为他来得熟了，下人也都知道他们很好，跟小姐有了爱情，所以她便有时叫白松生到她们屋里去玩。在她们屋里玩，比在客厅里玩更随便，而且高兴。

黄慧君为了让他们玩得更高兴，她便有时故意离开他们一会儿，叫他们尽情地拥抱、接吻。不过白松生一见黄慧君去得久了，便要叫她。谢崇婉因为也很爱黄慧君，所以也愿意她和他们一块儿玩，好像他们没有黄慧君不欢喜似的。有时白松生来了，正赶上谢崇婉有事，便先由黄慧君陪着他说话儿。

感情这东西，如果没有理智来驾驶它，实在是一件危险的事。他们三个人，除了谢崇婉稍有一点理智，能够控制住她的感情外，像白松生和黄慧君，都是极富于感情而缺乏理智的少年。他们都是活泼的、天真的、毫无约束自己的能力的。

白松生和谢崇婉由初恋而热恋，因为求全过甚，渐渐发现自己的脾味和对方总有不十分融洽的地方，白松生便渐渐倾向于黄慧君了。他有时和黄慧君谈得很投脾味，黄慧君除了仰慕他的漂亮外，还没有什么其他的意念。

这天，白松生又来找她们。谢崇婉先叫黄慧君陪他说话，自己跟着就来。黄慧君便和白松生谈着话，两个人坐在沙发上，白松生仿佛显得有点不安的样子。谢崇婉走过来，在院子里喊张妈沏茶。

白松生见谢崇婉快进来了，突然拿出一个纸团塞在黄慧君的手里，低声道："回头再看，别叫婉知道。"

黄慧君不由一惊，不知他这纸团里究竟写的是什么，她怦然心跳起来。正自惊疑，谢崇婉走进来了。

第二章　移　爱

　　白松生突地塞个纸团在黄慧君手里，黄慧君十分惊讶。她见谢崇婉走进来，便把纸团一握，没有使谢崇婉看见。

　　谢崇婉道："由家里来吗？"

　　白松生道："对啦。"他见黄慧君没有露出破绽，放下心来，便照旧和谢崇婉说话。

　　黄慧君哪里经过这样的事，虽然表面极力镇静，但是内心却十分沸腾。幸而谢崇婉尽顾和白松生谈话，没有顾到黄慧君。黄慧君仍假装躲避他们似的，走到她们的寝室。她心跳着，把纸团打开来看，只见上面写着："明天下午二时，在北平图书馆东边石栏地方见，我有话对你说。"

　　黄慧君一看，说不出什么心情，内心十分不安，甚至刚看过了的词句又忘记了。她反复看了三四遍，也好像没有记到心里去。迷迷糊糊地仿佛知道他约自己到图书馆相见，什么时候呢？她又看了看，是下午二时。是不是明天？她又看了看，确是明天。于是她把纸团叠好，放在自己皮夹子里，坐在椅子上，慢慢地想着。她这时恐惧、疑虑、好奇、快慰……种种心情，一齐涌到心头。结果，好奇与快慰战胜了恐惧，她决定明天到图书馆去，和他见了面，看他有什么话再说。

第二天起来，黄慧君恨不能马上就到了下午。天气阴来阴去，似乎要下雨的样子。到了下午，果然落起雨来，但并不大，只是蒙蒙星星的，并不阻碍人们的出门。黄慧君一心想见白松生，吃完了午饭，便急急梳洗打扮。正打算穿一件美丽的袍子，但又怕被雨淋了，只得穿一件平常的。

谢崇婉见她这样打扮，仿佛要出门的样子，便问道："这天气还出门做什么?"

黄慧君道："昨天一个同学叫我到她家里去，我顺便再买点东西，一会儿就回来。"说着，拿了一把小雨伞，便走出了门，雇了洋车一直到图书馆去。

雨并不大，有时就停一停，可是黄慧君拿着伞在外边来回转，究竟觉得不大自然。自己也许来得早一点儿，本来她以为白松生一定来了呢，谁知他还没有来。她等了很久，算计的时间快有一个钟头了，她很纳闷，而且又很生气。她气道："你为什么这样轻看我呢? 我今天来，是为了听你到底有什么话，并不是因为爱你才来的。你就这样拿我不当回事吗? 哼!"

她虽然在生气，可是仍旧在等着。白松生呢，其实早就出了家门，不料中途见了谢崇文，坚决约他到家里去玩，他不大好意思十分拒绝。同时他想：假如拒绝了他，回去叫谢崇婉知道，一定又要疑心。何况黄慧君也出来了，更容易叫她疑心。疑心到我，还没有关系，如果疑心到黄慧君，岂不更对不起黄慧君了吗? 并且这时还早，黄慧君也许还没有出门呢。于是他便同着谢崇文到他家去了。

谁知黄慧君是初次和异性约会，她去得非常早。白松生到了谢崇婉家里，才知道黄慧君出门了，他知道是到图书馆去了。可是他装作不知道的样子，问道："黄慧君呢？"

谢崇婉道："她出去找一个同学去了。"

白松生心里很安慰，知道黄慧君已爱了自己，并且替自己守秘密，而赴自己的约会去了。可是他同时又着急得很，怕黄慧君在那里等急了，何况天气又这样不好，他有点坐不住了。谢崇婉还是和他有一搭无一搭地瞎聊。

约莫有一个钟头的样子了，他再也忍耐不住了，便道："婉，我今天还有点儿事，这时候得去才好，明天我再来看你吧！"

谢崇婉一听，很不高兴，今天为什么要这样早走呢？哪一天都得夜间才走，今天没有黄慧君，他就不高兴了吗？她想罢，便道："多玩一会儿吧，今天没有慧君，我们正可以畅快地谈一谈，为什么这么着急走？你寂寞吗？慧君一会儿就可以回来了。"

白松生道："我真的有事，你要不信，我跟你起誓。我们相爱这许多日子，你还不相信我吗？"他无论如何是非走不可，因为如果冤了黄慧君，黄慧君回来一同谢崇婉说，那就鸡飞蛋打，两败俱伤，那么还不如先把黄慧君对付好了，总可以占住一个的。

谢崇婉见拦不住他，同时也知他不曾撒谎，一定有事，遂叫他走了。

白松生匆匆出来，一直到图书馆，一道上坐着车左顾右盼，怕和黄慧君走错过去。他到图书馆，那黄慧君正等得着急，见了他走进来，她几乎流出眼泪。她是正在生气、着急、悲哀，就好像迷了路的小孩子，恨她父母不来找她一个样。

白松生走过来道："你来了一会儿了吗？"

黄慧君不理他，拿出手绢儿擦眼泪。白松生道："慧君，我知道你来了很久，等得不耐烦了。可是你要原谅我，我并不是故意来晚的。"

黄慧君仍是不理他。白松生又道："你知道我到你家里去了吗?"

黄慧君一听,不由说道："到我家里做什么,定在这里,偏到家里,这不是故意躲着我吗?我知道你是舍不得婉姐,一会儿不见,都觉得受不得。"

白松生道："真没想到你能对我说这些话,这些话,是使我非常高兴的,因为你有嫉妒,所以证明你是有了爱。"

黄慧君咬着嘴唇忍着笑说道："谁爱你?"

白松生笑道："慧,如果你不爱我,你便不会下着雨,瞒了婉到这里来,而等我半天了。"

黄慧君道："哦,你是在试验我吗?好,再见!"说着,就要走。

白松生连忙拦住她道："慧,我是在跟你说,我早就来了。"

黄慧君道："早就来了?谁信,哼!"

白松生遂把半途遇到谢崇文,如何把他拉到家去,如何同婉说了些话,详详细细都对她说了一遍。

黄慧君道："我不大相信。"

白松生道："不信你可以问问谢大哥去。"

黄慧君这才转悲为喜道："我不在这里待着了,人家站了许多工夫,怪累得慌的。"

白松生道："那么我们到北海去坐吧,雨也不下了。"

黄慧君便同他走出来。黄慧君道："你先去吧,到双虹榭等着我,最好在里边。"

白松生道："一块儿走没关系,他们现在全在家呢,不会到这里来,哪能够碰上?"

黄慧君道："呀,我怕极了,你先去吧!"

白松生道："这么几步就到了，你是不是想报复一下，叫我等你半天呢？"

黄慧君笑道："你真聪明，可是我并没有这个意思，我们一路走吧。"

他们出了图书馆，白松生道："我们何不到中南海，这不是才几步就到了吗，为什么偏到北海，你先走我先走地闹个不休。"

黄慧君道："谁说要到北海的，不是你说的吗？"白松生也笑了。

两个人进了中南海，一边走一边谈。白松生道："我出来的时候，婉再三拦我，幸而我说我有事，她才相信。"

黄慧君道："那你不会一见面就说有事，何必等这许久？"

白松生道："我是怕她疑心。你不在家，我马上就走，岂不叫她想到我们有约会吗？"

黄慧君道："崇婉同你说什么来着？"

白松生道："瞎扯了半大左右，还是那些话。"

黄慧君道："谈到我没有？"

白松生道："没有，我极避免谈你，怕她想到你今天忽然独自出门。"

黄慧君道："你倒是有心。"

白松生道："有心就不会叫你生气了。"

黄慧君低头不语，等了会便说道："怎么办呀？"

白松生道："什么怎么办？"

黄慧君道："我们怎么办？"

这个问题说大就大，说小就小，白松生也毫无主意。他想了想道："那还问怎么办，你说怎么办？"

黄慧君道："我没有主意，我来问你。"

白松生道："主意不是随便想出来的，咱们先慢慢想着，好在我们不是可以常见吗？现在放着暑假，我们都有的是工夫。"

黄慧君道："那就怕老是不明白。"

她不是不明白，她只是说不出来而已。她知道这样瞒着婉姐是不成的，终究会露出破绽，并且也不该瞒着她，但是不瞒着她又不行，叫她知道是多么不合适呢，所以她才问"怎么办"。白松生也想到这个，他知道瞒着不成，不瞒着也不成，这真是一个大困难。最好的办法是两个人别走到爱情路上去，可是两个人已经开到轨道上去了，如果再退出来要费多大的力量呢。

谢崇婉和白松生以前都没有经过互相体验，一开始由外形的诱惑走入爱途，这时想退回来尤其困难到极点。假如没有黄慧君，他们两个人或许能够爱到永远，这又怨他们都缺乏理智而已。谢崇婉不该弃了韩好学而骤然爱白松生，白松生也不能骤然就表示爱情于谢崇婉，既然爱了谢崇婉，就不能再爱黄慧君。固然爱情不是勉强的，但是初恋时就不该那样毫无体验地盲目地爱，恋爱是先要慎其初，然后再用理智慢慢培养，才能持久。白松生和黄慧君未尝没有感到将来的困难，可是想着怪麻烦的，越想越想不出头绪来，所以也就不再想了。于是"怎么办"这句话暂时没有答案，因为暂时没有答案，所以后来便越麻烦了。

他们由中南海走到南海，绕过瀛台，在迎薰亭茶座里坐了。那里相当幽静，天也似阴不阴，热气稍轻。两个人也走累了，觉得渴了，喝了许多的茶，两个谈得非常快乐，然而心里总仿佛被一些游丝牵挂着，越搞越黏，也就只好听之了。

两个人谈了一会儿，黄慧君虽然舍不得别离白松生，可是又怕回家晚了叫婉姐疑心，遂道："我们回去吧！"

白松生遂付了钱，二人又绕到两边走回来。黄慧君道："今天初次和异性谈到爱，真是说不出来的高兴。"

　　两边有许多大石块，层叠如云，他们走在下面，没有一个人，白松生便拉了黄慧君的手。黄慧君羞了，笑着，低下头去。白松生便低下去看她，用手抚着她的脸。黄慧君笑道："干吗呀？"

　　白松生道："真美，我爱你！"

　　黄慧君脱了他的手，便往北跑，白松生便追了，追了几步追上了，便抱了她。黄慧君仍是说道："干吗呀，我们不……"

　　白松生便半强迫地吻了她一下，这是黄慧君第一次被异性吻着，她说不出来多么甜蜜快活。

　　白松生道："你快乐吗？"黄慧君简直不知说什么好了。

　　他们并相倚着走。白松生道："这时候大概不早了，阴天也看不见太阳。"

　　黄慧君忽然惊道："哎，我那把伞落在迎薰亭了。"

　　白松生道："你瞧我们的记性都够好的，幸而还想起来了，我们还没有走出中南海，不然出去又回来一趟，多么远呢。"说着他们又回迎薰亭，把伞取了，这才又走出来。

　　白松生道："这茶房一定笑话我们，说我们尽惦记着接吻了，所以把伞落下没拿走。"

　　黄慧君道："讨厌！明天你去，我可先跟你说了，当着婉姐不准你对我这样！"

　　白松生道："哪样儿呀，你比方一个给我看。"

　　黄慧君笑道："讨厌！"

　　白松生道："我知道了，当着婉姐不准那样，背着婉姐就准那样了。"

黄慧君道："别气我了！"

白松生道："我送你回去好吗？"

黄慧君道："不必，我一个人回去吧，明天可千万别叫她知道。"

白松生道："当然，我比你明白。"说着他给黄慧君雇了一车回家，他自己也回去了。

黄慧君在车上想着今天的快乐，嘴唇角时时现出笑容来。到了家，跳下车来，便往里走。

谢崇婉道："正在等着你吃晚饭，快来吧！"

黄慧君道："我怎么一点也不饿呀，我把伞落在车上了。"

谢崇婉一听，连忙叫下人去追拉车的，但是出门看时，拉车的早就没踪影了。

黄慧君道："可气，活该是要丢了它，方才差一点儿就丢在中南海，幸而想起来取回来，又丢在车上。"

谢崇婉道："怎么，你上中南海去了？"

黄慧君脸一红道："可不是，和同学钓鱼去了。"

谢崇婉根本想不到白松生和黄慧君能够抛开她而单独恋爱，所以也没有看出黄慧君的脸色变了。

她们吃过了饭，太阳落下去了，但是天气仍然是热，谢崇婉道："再也没有像今天热的了。"她们搬了凳子、茶具，跑到楼顶去了，谢崇文连留声机也搬到上边去了，坐在楼顶倒还凉快些。她们各自拿了团扇，穿着纱衣坐在凳子上谈着。

黄慧君道："今天白松生没来吗？"

谢崇婉道："来了，来了一会儿，说有事，就走了。"

黄慧君一听，知道白松生没对自己说谎，心里更安慰了，非常欢喜。

她们在楼顶谈天直到深夜，才回屋里安睡。谢崇婉在记日记，黄慧君想到今天的快乐，不由说道："婉姐，我也记日记好不好？"

谢崇婉道："好啊，可是你的性情不长，恐怕记不久就要断的。"

黄慧君道："这回我下决心，非要贯彻到底不可。"说着，自己找出一本笔记本来，还没有用过的，便当作日记本了。可是她记的时候，却背着谢崇婉。谢崇婉因为她的一天生活，自己全知道，也就不再看她的。她们每个人都有个书桌，向来谁也不开谁的抽屉，谁的抽屉里有什么，两个人全都彼此清楚的。

第二天，白松生来了，他和黄慧君见面，装着没有昨天那事似的。

白松生道："慧妹，昨天找同学去了？"

黄慧君忍不住笑道："可不是。"

白松生瞪了她一眼，她才止住笑意。但是谢崇婉并没有理会，因为黄慧君就是爱笑的。

谢崇婉问白松生道："今天你还有事吗？"

白松生道："哪有天天有事的！"谢崇婉笑了，黄慧君也笑了。

他们都在客厅里坐着，往天黄慧君坐一会儿就躲开他们，叫他们谈些甜蜜的情话，今天却不然，她简直不愿意离开他们。一来是舍不得离开白松生；二来是不愿意他们再有那甜蜜的生活；三来是希望谢崇婉离开这儿，她可以和白松生谈一谈心呢。白松生看了她好几次，意思是叫她走开一会儿，因为她老在这儿，怕又引起谢崇婉的误会来。黄慧君以为白松生叫自己走，为是和谢崇婉谈情话，她更不离开了。

他们谈了一会儿，白松生走近黄慧君身旁道："慧妹这把团扇很好，上面是谁画的？"说着，便把扇子从黄慧君手里拿过来，一边扇着，一边道："明儿我也买一把，请你们二位合着给我画一个。"

谢崇婉道："我可画不好。"

白松生道："不管好不好，只要是你们亲笔，我就永远保存着它。"说着，又把扇子递给黄慧君。

黄慧君一见，随着扇子还有一信，她连忙接过来。因为信一时没地方放，便用扇子遮着，用大指按住在扇子的里面，一边假意往胸前挡着，也不敢把里面向外。谢崇婉一点也不知道，因为她就不搁这个心。

白松生又挨了谢崇婉说话，他把谢崇婉的手握在自己的手里，然后一个一个地看她的指纹，数那斗箕。黄慧君这时便走了出去，进到自己的屋里，把信拆开来看。只见上面写着："吾至爱之慧君妹，昨日快聚，令人心神俱怡。归家后，吾至爱之丽影，始终不能去，以至同入于梦寐中，慧君乎，卿亦思及我否？"黄慧君笑了，又如此着往底下看，都是些相思爱慕之语。

黄慧君看见了后，便开开抽屉，把信纸拿出来，铺在桌上，她是喜欢用绿色墨水儿写信的。她又看了看白松生的信，又想了想，便写道："生，你的信我读过了，真使我快慰。昨天你那样大胆地热烈地抱住我，吻我，我真不知怎样来爱你好了，我那时快活得几乎流出眼泪。亲爱的生，我虽然幼稚，但我觉得我的爱，再也没有像那样热烈，心灵像燃烧着剧烈的火焰，要把我的身心熔化了，一直灌入你的怀抱里去。生哥，我是一个毫无经验而完全感情做的孩子，你能不能把这孩子的脆弱心灵摧残了？我现在一边在快乐里，一边在苦虑里，我实在怕，我不敢想到将来。亲爱的，告诉我，你能叫我永远像这样的快乐吗？我现在觉得有点对不起婉姐，但我又非常自私，我实在不愿意你再爱一个除了我以外的人，我见你和婉姐那种样子，我就非常嫉妒。我爱我的婉姐，我也爱你，但我为什么不喜欢你们相爱呢？亲爱的生，你了解我吗，你能够听我的话去做吗？"

她写到这里，忽然听见谢崇婉在院子说话，她连忙把信收藏起来，再一听时，谢崇婉是在叫下人买西瓜，她遂又拿出来写。可是她再也写不下去了，想了一会儿，又听谢崇婉在叫她，她只得一边答应着，一边把信结束，用封皮封好，放在袜筒里面。好在袜子很长，藏在里面一点看不出来。

她又到客厅里坐下，一会儿，底下人买了西瓜回来，切成小块儿，用茶盘子端上来，他们一起吃着。吃完了西瓜，老妈子收拾下去，又打了一盆脸水，他们洗了洗手。谢崇婉还要到自己屋里去扑粉，这时候黄慧君急忙由袜筒里把信拿出来，递给白松生。

白松生先在嘴唇上吻了一遍，便想拆开来看，黄慧君连忙拦住他，道："不准看，回头再看。"

白松生道："这时看了，不是一样吗？"

黄慧君道："你先收起来吧，回头叫婉姐看见，可不好了，我现在怕极了。"

白松生只得先收起来，然后抱了黄慧君便要吻，黄慧君急忙推他道："哎呀，这里可不成。"

白松生道："难道你不愿意叫我吻吗？"

黄慧君道："你看这环境是多么不好啊，哪一天我们出去玩吧。"

白松生道："明天就玩去。"

黄慧君道："明天如何成呢？昨天玩了，明天又玩。"

白松生道："婉并不知道。"

黄慧君道："时常这样，她就要晓得了。"

白松生道："只是明天吧，以后咱们就隔些日子再玩，明天我还有要紧的话和你说呢。"

黄慧君道："有什么要紧话呢？现在说吧。"

白松生道："现在说不完，回头婉来了，你又该害怕了。"

黄慧君道："好吧，上哪里去玩呢？"

白松生道："我在景山等你吧。"

黄慧君道："好吧，什么时候？"

白松生道："还是昨天那个时候，我在最东边的亭子里等你。"

黄慧君道："不会又像昨天那样使我等你吧？"

白松生道："不会的。"说着，两个人便接了一个吻。

谢崇婉这时跑了过来，他们急忙分开了。

谢崇婉走进来道："今天太热了，一会儿就是一身汗。"

白松生道："小姐，还是心静好些，心静自然凉。"

黄慧君道："白先生倒是不见出汗。"

白松生道："我是善于养汗的。"他们全笑了。

这时电话铃响了，电话机就装在廊子底下，响了半天也没有人接。谢崇婉道："老妈子耳朵真聋，在厨房就一点儿也听不见，叫她都费事。"

黄慧君道："我去接。"说着她便跑了出去。

谢崇婉道："你看我这件衣服好吗？"

白松生道："嗬，这么一会儿，又换了一件。小姐的衣服真不少，漂亮极了。"

谢崇婉挨了他坐下道："你大哥已经结婚了吗？"

白松生道："还没有，不过已经有了对象。"

谢崇婉道："将来你结婚后，是不是要和他住在一起？"

白松生道："我还没有考虑这个问题，你问这个做什么？"

41

谢崇婉道："随便谈谈。我问你，你家里都知道我们相爱了吗？"

白松生道："大概知道一些，不十分清楚。"

谢崇婉道："你不向他们说吗？"

白松生道："怪不好意思的，谢大哥知道我们的事吗？"

谢崇婉道："我想他一定知道。"

白松生道："想他一定知道，为什么不跟他提呢？"

谢崇婉道："你都不好意思的，我就好意思的吗？"白松生笑了。

这时黄慧君走了进来道："婉姐，你猜是谁的电话？"

谢崇婉道："大哥的。"

黄慧君道："不是，是画会里张小姐来的。她问咱们为什么老不去了，我说没有意思，她说你们还来不来，我说没有一定。她还约我明天到她家里玩去呢，婉姐，我可以去吗？"

谢崇婉道："去吧。"

他们又玩了一会儿，白松生走了。临走的时候，谢崇婉问他："明天来吗？"

白松生道："明天不一定，因为明天有一个亲戚家办喜事，我大哥没在家，必须我去的，但是我若得工夫也许来。"谢崇婉点头，和白松生分别了，仿佛有点舍不得的意思。

到了晚上临睡的时候，谢崇婉又记她的日记。她问黄慧君道："你今天怎么又不记了？"

黄慧君道："我刚记过了，婉姐吃饭的时候我记的。"

谢崇婉道："记日记最好要长性，不能三天打鱼两天晒网。"

黄慧君笑道："那时韩好学劝婉姐记日记，你总是不肯记。现在没有人劝，倒记得很高兴了。"

谢崇婉道："我记日记当然是我的自由，我不能听他的话才记日记。”

黄慧君道：“反正姐姐总有的说。”

第二天，她们起来，谢崇婉道：“你昨天夜里做什么梦了？”

黄慧君惊讶道：“我做梦，婉姐怎么知道？”

谢崇婉道：“在梦里你还直乐呢，也不知乐的是什么？”

黄慧君笑道：“是吗，我一点儿也不知道，我这两天也不知怎么回事，很高兴。”

谢崇婉道：“高兴好呀，明儿叫大哥给你介绍一个朋友好啦。”说着笑了。

黄慧君笑着道：“婉姐我不跟你好，你老说这些话。”

谢崇婉笑着说道：“今天你不是到张小姐家里去吗？”

黄慧君道：“是呀。”

谢崇婉道：“我也想去一趟，打听画会有什么消息没有。”

黄慧君着慌道：“我给你打听得了，你不必去了。画会那些人，真没有理头，我也待不住。”

谢崇婉道：“早一点回来吧！”

到了下午，黄慧君还故意晚走一会儿，表示不忙迫的样子，同时叫白松生也多等一等自己。倒是谢崇婉催了她一次，她才走出，一直到景山来。

进了景山，非常清静。由东路往里绕，绕到明思宗殉国处，见了那个碑和那株歪脖树，她不禁有些凄然。她站在那里，静默了一会儿，遂拾级而登。穿着高跟鞋登山，却是不省力的。她走到第一个亭子时，已经有些喘了。她看了看亭子里，并无白松生，不禁又生气了。今天还特意晚出来一会儿，结果他仍是没有来。她在亭子里转了一会儿，望了望四周，那堆如云的树，涌在脚底下，宫殿的

43

屋子，一层层排列在眼前，她无心去浏览，见没有白松生，心里只是生气。她想这回无论如何也不再等他了，不要以为我是好欺侮的吧！她一赌气，竟往山下走。可是，刚走了两步，仿佛有个小石块打在自己的身上，回头望了望，没有人影，她仍旧往下走。刚走了两步，就听有人叫她的名字，回过头来一看，仍是没有人。她想白松生一定来了，故意藏起来，使自己瞧不见，便又欢喜了，转身回到亭子了。

转了一个弯，仍是没有白松生。不过在那拐角处，她已经看见有个人影转过去了。她遂大声说道："你要是再不出来，我就永远不理你了。"这才见白松生从后边笑着走出来。

黄慧君道："讨厌。"

白松生笑道："谁叫你不早来，叫我等好半天。"

黄慧君道："谁叫你头一次叫我等半天呢？"

白松生道："得啦，别说了，这回你晚来，下回我晚来，老是这样报复，没个完了。"两个人笑着，坐在亭子里。

凉风四面聚来，非常凉爽。白松生道："我们是更上一层呢，还是下到底下去茶座坐一会儿呢？"

黄慧君道："我怕上去。"

白松生道："那么我们到底下去吧。"

他们走下来，绕到后边。在那许多大树下，摆着几个茶桌，浓荫蔽日，非常凉爽。他们拣了一个茶座坐了，由伙计沏了茶，他们便谈了起来。

白松生道："今天你出来，婉没有疑惑你吗？"

黄慧君道："没有，她还催我早些出来呢。"说罢，全笑了。

他们以为把谢崇婉蒙蔽了，是他们的成功，可是偶然想到谢崇婉对待自己这么好，不该骗她，于是又不禁难过。他们商议是不是要告诉谢崇婉才好，商量的结果，两个人都主张暂守秘密。他们并不是想到秘密于他们有什么好处，他们也没有想到将来究竟能到什么地方，他们只觉得人生必须有这么一个过程。他们想到的都是，如果告诉婉姐之后，一定惹起极大的风潮，他们没有力量来抵抗那轩然巨波，可是他们没有想到这种马马虎虎的隐隐藏藏的爱于他们将来是有多大险途。

他们本能地觉得这事是不可说。这种"不可说"的观念，都是因为家长"不准说"而来的。家长不准孩子坦白地述说他的意思，好的无法开导，坏的无法阻拦，往往造成很恶劣的结果来。白松生和黄慧君感到前途有两种解决的办法，一种是拼命地争得家庭的同意，受骂挨打，在所不计，不过暂时能隐瞒还是隐瞒好一点。一种是完全不取得家庭同意，私自盟约，至不得已时，或出走，或同死，如此而已。不过这两种办法，还是以后的事，现在两个人就不往那里去想，即或偶然想到，也仿佛距现在远得很，目前切身的问题，还是"别叫婉姐知道"。

两个人在那里坐了很久，这才离开茶座往出走。走到东边山下，见前后没有人影，便拥抱着接吻。在那个时候，他们忘了一切，那明思宗的殉国碑望着他们，仿佛都要跳起舞来似的。他们出了大门，便等公交汽车，各自回家。

从此，他们便时常瞒了谢崇婉在外边玩。谢崇婉也还没有想到他们的事，不过偶然觉到黄慧君近来时常爱单独出门，她一定有了什么对象。问她，她只笑而不言，或是绝对否认，她也就不再问了。白松生来到她们家里的时候，虽然抽冷子见他们的态度有时很亲昵，但她想这也许是太熟了的缘故，没有疑惑到别的。他们通信也是瞒着谢崇婉，互相传递。

谢崇婉是很爱黄慧君的，她关心她的恋爱。这天晚上，她们两个人睡在床上，谈起心来。谢崇婉说："慧妹，你这几天仿佛有心事似的，你是不是在外面交了朋友？"

黄慧君道："没有，婉姐我哪里有朋友呢。"

谢崇婉道："朋友倒是没有关系，不过你年岁还小，理智薄弱，假如不谨慎，将来一定有苦恼的。"

黄慧君道："我知道，可是我问婉姐，假如苦恼的时候，怎样才可以消减呢？"

谢崇婉道："非要极强的理智不可。"

黄慧君道："婉姐理智强吗？"

谢崇婉迟了一会儿道："反正理智这个东西，也是经磨炼出来的。受一回刺激，理智强一些，刺激的次数多了，人就完全变理智。当人完全变理智的时候，容易看透了人生，对于人便灰冷起来。所以感情也不是人生可缺的，人们有感情，生活才感到趣味。"

黄慧君一听，点了点头，说："有感情看人生才有意义，但是苦恼也就随着来了，人是不会两全的。"她们谈了一会儿，忽喜忽忧地，一会儿渐渐睡去了。

到了夜里，黄慧君睡醒了，因为觉得热，便把被子掀开了。一会儿谢崇婉也醒了，见黄慧君的被子掀开了，怕她着凉了，便下地给她盖好，轻轻地说："这孩子，老是不盖好了睡。"黄慧君的眼泪落下来了，她觉得表姐这样爱她，反而使自己难过。她仍自假装睡的样子，也不言语。

第二天，她们又照旧一块儿玩。光阴是非常快，暑假都快过了一半儿，她们因为怕热，整天在家里玩。白松生是天天找她们，有时她们出去买东西，白松生便坐在家里等她们。偶尔白松生觉得玩得不痛快，便约黄慧君出来玩，不出来的时候便彼此写信，他们两个人各自积了很多的信了。

这天，黄慧君又和白松生约好出城玩去。谢崇婉一个人在家里怪无聊的，等白松生，白松生也不来，真奇怪，慧君一不在家，他也不来，大概他是知道慧君不在家吧。可是黄慧君不在家，为什么就不来呢？他是怕寂寞吗？也许不是，有时黄慧君在家，不是也没来吗。她一想到这里，心里便释然了。

这时，门外铃响，老妈子出去开门，一会儿拿进来一张纸条，道：“送信的，叫在这上打什么戳儿。”谢崇婉接过一看，是黄慧君的父亲给黄慧君寄来的，因为是挂号信，所以必须盖黄慧君的戳子，她便拉开黄慧君的抽屉来找。她虽然没有动过黄慧君的抽屉，但是她料到黄慧君的戳子一定在抽屉里搁着，她拉开上面的抽屉看了，只是装了些信纸信皮之类，也有笔记本子、稿子，没有她的戳子。外面的邮差在等着，她也很着急。谢崇婉又把下面的抽屉拉开，仍旧放着许多文具和化妆品等，还有打毛绳的竹针，刚刚穿好一半的珠子小提包儿。她又拉开那一边的抽屉看，只见放着一本笔记本改的日记本，底下还有许多信，她也无暇看，翻了翻，并没有戳子。

她又关上了，说道：“她的图章放在哪儿了呢，别是带在皮夹子里吧？”

老妈子道：“您看二小姐的提箱里许有吧？”

谢崇婉醒悟了道：“大概是，可是也许锁着呢。”说着，便过去开了，并没有锁着，伸进手去一摸边儿，就摸着图章了。她喜道：“有啦。”遂在那收条上盖了印，交给老妈子拿去，她仍旧把提箱放置好了。

一会儿，老妈子把信拿进来，另外还有一封信是别人给谢崇婉的。谢崇婉把黄慧君的信放在她的桌上，自己伏在自己的桌子上读信。信是同学寄来的，问暑假都做什么事情，她欢喜极了，这时正没事，便写回信。因为自己没有信纸了，又过来拉开黄慧君的抽屉，拿了几张信纸，伏在桌上写起信来。

刚写得了一半，黄慧君回来了。她道："婉姐，我回来了，你给谁写信呢？"以为是给白松生写信。

谢崇婉道："张淑贤来一封信，我在给她写回信。"

黄慧君放心了，一看自己桌上也放着一封信，便道："谁给我来的信，哦，家里来的呀。我真欢喜极了，婉姐，我父亲来的信呀！"

谢崇婉写着信，一边道："对啦，跟张淑贤的信一块儿来的。"

黄慧君便坐在谢崇婉的对面，把信拆开看。一边看一边说道："真热。"于是又叫道："张妈，你给我打盆水来，不要太热。"张妈答应着。她把信看完了，张妈的水也打来了。她真是高兴得不得了，连忙擦了擦汗，又换了日常的衣服，一边扇着扇子，一边也想写回信。

这时，她看见谢崇婉的信纸，仿佛是自己的，便问道："婉姐是从这个抽屉里取的信纸吗？"

谢崇婉也没抬头，便道："我还忘记告诉你，因为没有信纸了，所以从你那里取几张。"

黄慧君一听，吃了一惊，道："你一拉就是这个抽屉吗？"

谢崇婉道："这几个抽屉都拉到了。"

黄慧君一听，更吃惊不小，脸色红了，汗也出来了。幸而谢崇婉并没有看她，却说："找你那个图章，怎么也找不着。"

黄慧君道："是吗，哎呀，后来找到没有？"

谢崇婉道："当然找到了，不然人空就给信了吗？"

黄慧君这时才想起这是挂号信，是要盖图章的。她道："是不是从那提箱里找到的？"

　　谢崇婉道："可不是，还是张妈说的。"

　　黄慧君这时心情真是十分不安了，她因为抽屉里和提箱里都放着白松生的信和赠物，婉姐如果一翻的时候，当然都要看到的。她道："你，你没有，哎呀，我的抽屉太乱了，有时连我也找不着，你没有找很久吗？"

　　谢崇婉道："邮差在门口儿等着，我们也都很着急呢。幸而把戳子找到了，打了之后就拿出去了，邮差不就刚走不久嘛。"

　　黄慧君看这情形，知道她没有翻看别的，因为翻看别的，一定不会是这种态度，同时也不会这么一会儿就看完了。于是她也就渐渐塌下心，她也伏在桌子给父亲写回信。

　　写完信，谢崇婉等着她的信，一块儿叫下人送到邮筒去了。到了晚上，谢崇婉和母亲、哥哥在楼顶乘凉，黄慧君便在屋里记日记。这时老太太怕黄慧君在屋里太热，遂叫谢崇婉叫她来楼顶乘凉。谢崇婉因为还要回到自己屋里拿东西，所以走了下来，一边叫着黄慧君。黄慧君正在记着日记，她一点都不觉得，等到谢崇婉进到屋来，和她说话，她才知道，不由吃了一惊。谢崇婉一边找自己的东西，一边叫她到楼顶纳凉去。黄慧君怕谢崇婉看她日记，收也来不及，只得装作无事的样子，也没把日记合上，同谢崇婉走了出来。

　　她们来到楼顶，真是凉爽多了，月色正明，不必开电灯。风儿吹来很凉，她们说哪儿一定有雨，于是她们便谈到雨的故事，由雨的故事又谈到电影里的雨景，由电影又谈到小说。谢崇文发挥议论，说到小说的描写、结构、立意等问题。

　　谢崇婉笑道："大哥在上讲堂呢。"她们全笑了。

谢崇文道："其实每个人所经历的事情，都够写部小说的。事情都是人生所经验的，只看写的人是如何了，对于人生体验细微的，写得就能动人。"她们对于文学也很有兴趣的，遂由这个问题，各有所发挥，谈得非常高兴。

一直到深夜，她们才各回屋去睡觉。黄慧君没有回到屋里，先到厕所。谢崇婉回到屋里，见黄慧君的日记还在桌上放着，她因为黄慧君向来没有随意看过她的东西，所以她也没有看她的日记。可是黄慧君在厕所里想起日记还在桌上放着，心里立刻着急起来，急忙跑回屋里。一看，日记还在放着，谢崇婉正要收拾床铺，似乎没有看她的日记，她的心又放下去了。经过这两次，她晓得婉姐是不私看她的东西，所以更大胆了些，她更不经意地随便放东西了。

这天，谢崇婉和黄慧君两个人到街上买东西，回来的时候，刚进门，老妈子说："白先生来了，在客厅里坐着呢。"

她们一听，便全到客厅来，见面说了几句话。谢崇婉道："慧妹你陪他说话，我去换衣服。"说着她到自己屋里去了。

黄慧君便和白松生谈起情话来，白松生拿出一封信递给黄慧君，黄慧君拆开看了，里面说着些爱情的话。黄慧君很高兴，便放在皮夹子里。

一会儿，谢崇婉走来，说道："你不洗洗脸吗？"

黄慧君道："我也洗一洗吧。"说着，她便拿了皮夹子，回到自己屋里。把皮夹子放在桌上，然后叫老妈子打了水洗脸。洗完脸，便又回到客厅，和他们一块儿玩。

玩了一会儿，白松生便想走。谢崇婉道："今天你吃了饭再走吧，你老没有在我们这儿吃了。"黄慧君也留他，于是他答应了。

谢崇婉走出来叫老妈子多买些菜。她说："我给拿钱去。"说着，回到自己屋里。一看自己的皮夹子没有多少零钱了，她一眼看见黄慧君的皮夹子放在桌上，便想先用她几毛钱吧。走过来，打开皮夹子一看，里面有一封信，她想：今天一块儿出去的，什么时候会有了这么一封信？拿出来一看，皮儿上写着"给我最可爱的慧"。那笔迹是白松生的笔迹，她是认识最清楚的。她不禁有些手抖了，急忙打开看里面，啊，满纸是情话绵绵，她似乎看清又似乎没看清，心里一阵阵跳动，眼神也就随之转几个方向，信上所写的，她知道是情话，都说了什么，她没有记清，最后是白松生的名字。

老妈子这时等着拿钱，谢崇婉难过极了，话几乎都说不出来，她道："跟老太太要去！"老妈子看小姐的脸色不大好，便只得去了。谢崇婉拿着信，怔了会儿，她几乎本能地拿了信想到客厅去质问他们，可是理智把感情克服了，她极力压制着自己的悲哀与愤怒，她颤抖着把信叠好了，仍旧装入黄慧君的皮夹子里，伏在桌上哭了起来。

她越想越难过，她实在恨白松生，可是又非常爱他，因为爱他，所以更恨他了。她这时心里好像碎了一样，怎么拼也拼不到一块儿，她找不着一个宣泄情绪的出口，她不知怎么办好了，她恨不能把胸膛剖开，掏出那破碎的心，掷给白松生。气一劲儿往上顶，到胸膛上就如堵塞得要炸开了似的，她恨自己，用牙把自己的臂咬了两三个牙印，又用手按着胸，使劲地往里揉，泪就同泉一般地往外流。可是她又不敢哭出声音来，她起来伏在床上，用枕头垫着胸口，只是哭，她知道爱人的心去了之后，是无法再挽回的。

这时，黄慧君和白松生见谢崇婉许久没有过来，便叫老妈子来请。

要知后事如何，请看下章。

第三章　破　裂

谢崇婉是有些理智的，不然在这个时候，受了这种打击，她非自杀不可的。那时白松生如果明明白白地告诉了她，她除了恨以外，痛苦还少。这样由她自己发觉出来，至少她要感到受了欺骗，失了她的尊严了。恨、怒、悲哀，种种情绪使得她伤心到极点。这时她还想不到如何应付这一层，她只是伤透了。等到老妈子进来，才止住了哭，可是那种悲哀的样子，如何瞒得过老妈子呢？

老妈子道："哟，小姐怎么了？"

谢崇婉拭了眼泪道："我有点儿不舒服。"

老妈子道："我去叫太太去，或是三小姐，叫她们来。"这三小姐是黄慧君的称谓，黄慧君在她家里是排行第三的。

谢崇婉道："不用不用，我只是肚子疼，不很要紧，我躺一会儿就好了，别叫她们来，我倒不得歇着了。"

老妈子道："那么你用什么，我……"

谢崇婉道："什么也不用，你出去吧，告诉她们说我肚子疼，一会儿就好，就成了。"

老妈子知道她每到经期，必要肚子疼，以为又是月经来了，只得走了出去。到客厅里说道："大小姐不大舒服，大概是到日子了，

52

说歇一会儿再来，现在躺着呢。"

白松生道："呀，她病了吗?"

黄慧君道："不要紧，躺会儿就好了。"

白松生道："咱们看一看去。"

黄慧君道："你什么也不懂，她又不是病，每月都有这么一次，每次都要躺半天儿才好的。你去看什么?"

白松生一听，明白是月经了，也就没有过去。

到了吃饭的时间，老妈子请谢崇婉去，她也说不吃了，大家也没有注意。吃完饭又歇了一会儿，白松生就走了。

黄慧君回到自己屋里来，见谢表姐还在躺着，便问道："婉姐，好一些吗?"

谢崇婉道："好一些。"

黄慧君道："你不吃一点儿什么吗?"

谢崇婉道："不，我什么也不吃。"

黄慧君道："屋里热，到楼顶乘凉去好不?"

谢崇婉道："你去吧，我需要静躺一会儿。"

黄慧君道："我给你倒杯水喝好吗?"

谢崇婉道："不，我也不渴，你去吧，我静养一会儿就好了。"黄慧君遂去了。

谢崇婉一个人在床上躺着，慢慢思量，她想处置这回事变——爱情的事变——最好用冷静态度。对于黄慧君，仍是当妹妹似的爱她，可是也不谈到白松生一个字。这时如果说白松生如何不可靠，那她也是不会相信的。对于白松生只好是不再理他，这种男子，既然欺骗了自己，自然连友谊都可以不维持的。她想到明天白松生来了，自己不再理他，他一定很惊讶，可是自己也可以出气了，叫他

53

看看女人是自尊的，不能叫他那样玩弄。想到这里，略微心宽了一些。

女孩子的自尊心，可以培养她的理智而抑住感情，不然谢崇婉非要哭闹一阵才休，不过那样叫人看着是小气了。想好了主意，心里仿佛安定了许多，可是一想起白松生来，仍是不觉难过。本来，以前两个人那样的好，现在他又爱了黄慧君，怎不难受呢。想到他拥抱着自己，吻着自己，那是多么热烈的爱呢，为什么他现在又爱了黄慧君？既然他爱黄慧君，为什么那时候又爱自己呢？这样一来，黄慧君是不是对我就失去了她的敬爱？如果她一骄傲，而用一种愚笨被欺骗的态度来看我，我将何以再见别人呢？她是翻来覆去地想。

失恋的痛苦，一半是失去了爱，一半是又增加了对方的轻视，即或对方在怜悯自己，而这种怜悯，其实损失自己尊严，而使自己难堪。所以在恋爱的时候，必须要双方都得坦白而不互相隐瞒的。谢崇婉这时候，觉得这个世界已经不会有自己了。以前还觉得活着很有生气的，可是一转瞬间，便灰了人生。恋爱的力量是多么伟大呀，方才看什么都是活跃有生气的，现在想起什么都是无味的。她真不想再活着，活着也是无意味的。她好像在这一刹那就看透了人生，因为觉得看透人生，所以心情有些平和了。

到了睡觉的时候，黄慧君问她吃什么、喝什么，对她慰问很久。谢崇婉非常难过，她心里想道："与其你对我这样，何不如你不接受他的爱呢！"可是她并没有说出来。到了夜里，黄慧君醒来，还看了看谢崇婉，见她睡得很香，也就放心了。

第二天起来，谢崇婉虽然精神仍然不大好，可是勉强起来，装着无事的样子。

黄慧君喜道："婉姐，今天好了？"

谢崇婉笑了笑，她照常装作无事的样子。可是她不大活动了，吃完了饭便在屋里一躺，看看小说什么的，有时也同黄慧君谈一谈天。

　　下午，白松生又来了，老妈子过来说在客厅呢。黄慧君喜道："婉姐，白先生来了，我们到客厅去坐吧。"

　　谢崇婉道："你去吧！"黄慧君以为她随后就来，所以她就先去了。

　　白松生和黄慧君一见面，便紧紧地抱着吻着，然后才坐在沙发上谈天。白松生道："婉好一些了吗？"

　　黄慧君道："好了，一会儿就来的。"

　　他们谈了许多，竟忘了谢崇婉了。后来过了很久，白松生想起谢崇婉来，便道："你看崇婉在做什么，怎么老不过来？"

　　黄慧君真是还没有见过谢崇婉知道白松生来了而半天不过来的，她便叫老妈子去请大小姐。可是老妈子回来说："大小姐不舒服，不过来了。"

　　他们一听，有些奇怪，黄慧君道："我去拉她来。"说着，便走过来。

　　见谢崇婉在床上躺着。她道："婉姐，为什么不过去呢？"

　　谢崇婉道："我不想再见他了。"

　　黄慧君道："为什么？"

　　谢崇婉道："我心里不舒服。"

　　黄慧君道："怎么不舒服，请大夫来看看吗？"

　　谢崇婉道："不用，只要我不见他，我就心里安静的。"

　　黄慧君道："婉姐，你又对他，他，他得罪你了吗？"

　　谢崇婉道："哼，不必谈了，我已经认识男子的心了。"

黄慧君一听这话，知道情形不好。她道："婉姐，你说，你倒是因为什么呢？"

谢崇婉只是不言语，黄慧君知道她一定知道他们相爱了，她很难过，站在那里，也没有什么可说的。两个人沉默了许久，谢崇婉哭了，黄慧君也哭了。时间过了很久，两个人的心事都无法往外说。

这时老妈子进来道："小姐，白先生要走了，叫我告诉您一声。"

谢崇婉仍是不言语，黄慧君怕得罪了白松生，便走了出去。到了客厅，白松生一见，不由一惊，问道："怎么了？"

黄慧君道："婉姐知道我们的事了。"

白松生道："怎么知道的？"

黄慧君道："我也不晓得。"

白松生道："都是你放信不小心。"

黄慧君道："反正已经知道了，况且早晚要知道的，说这些也没用了。"

白松生道："你别生气，我们应当怎样安慰她一下呢？"

黄慧君道："你先走吧，明天再说，我现在心里很乱。"

白松生仍然没有主意，他想今天把这件事解决了，可是又知今天绝对解决不了，他怅然若失地走出去了。

黄慧君回到屋里，仍是无话可说。看着婉的样子，又非常难过，心中仿佛有千言万语，只是说不出来。她拿出信纸，伏在桌上，给谢崇婉写起信来，她觉得这些话非写信不能说出来，她写道：

　　亲爱的婉姐，我知道你是不会恕我的吧，可是我已经陷入苦恼中了。我不知我为了什么，我竟爱了他。我相信婉姐爱他与我爱他，是一个样的。我知道他这样爱我，和

56

我这样爱他，是不对的。但是当他约我出去玩的时候，我没有一点力量拒绝他，我再也不能抑制我的感情了。婉姐，这些日子，都是在恐惧、忧虑、悲哀中过生活。我远离着家乡，我最亲近的人，除了婉姐还有谁呢？可是婉姐将要离我而去了，我感到极端的寂寞。我看到你们的快乐，我也快乐，可是在快乐之中，又伏着一种说不出来的悲感。婉姐，你知道一个远离故乡的少女的心情是怎么样地起伏着吗？

写到这里，她止不住地流泪，泉也似的流了脸上，坠到纸上，一边抽泣着一边又接着写。谢崇婉看了她这个样子，也躺在床上哭。她又写道：

事情已经到了这儿，希望姐姐本着平日爱我的心，不要过分地责备我。同时希望姐姐要好好保养身体，勿过分地伤感。我觉得我对不住婉姐，但我的心已经被别人给把住了。姐姐，假如你是快乐的，那便是我们的幸福，我们不知怎样来感激姐姐。我相信他仍是爱姐姐的，他绝不会对姐姐有什么坏意的，他愿意把姐姐当作一位姐姐看。他尊敬姐姐，他一切都听姐姐的话，他没有一点儿小看姐姐的意思，他和我一样地敬爱着姐姐呢！

谢崇婉看她在写，写了很多，不知写的是什么。写完了，黄慧君擦了擦眼泪，把信叠起来，装在一个信封里，仍然走过来道："姐姐，给你这个。"说着，把信扔下，便走了出去。

谢崇婉打开看了半天，她觉得有一种委屈，无法诉出来。她起来给黄慧君写回信，可是她拿起笔竟写不下去，她不知道写什么好。她想把白松生骂一顿，但是又怕伤了黄慧君的心，但若说他好，又实在说不下去。她只是写道："亲爱的慧妹，希望你永远快乐，也正是我的快乐。我的心已伤透了，祝你不会像我这样吧!"写了两行，实在写不下去，她本想给白松生写一篇，或是痛骂他一下，或是向他乞怜一下，但这足以降低自己的尊严。她只是把纸叠好，放在黄慧君的桌上，又躺在床上了。

　　黄慧君在别的屋坐了一会儿，心里如同刀绞一般，怎样也安宁不下去。她想婉姐一定给她回信，并且也写得了，遂又回到自己屋里来。一看婉姐还在床上躺着，自己桌上放了一张纸，急忙过去拿起来看。看了之后，仍是渺茫得很，心里仍是不能放宽，于是她又给谢崇婉写信。

　　她们两个人就这样来回地写开了信，可是谁也不好意思当面说。因为老是写信，索性见面更无话，于是变成谁也不理谁了。这种不理，并不是怨恨的不理，而是被一种不好意思的心绪给僵住了。第二天，白松生又来探听动静，而谢崇婉仍是不理他。黄慧君给她写了多少篇信，仍是不成功。现在又不好意思拉她，给她和白松生说和。

　　这两天的变动，把黄慧君变成了另一种人，仿佛她过了好几年一样，以前的天真活泼现在一些也不存在。现在存着的只是忧惧、彷徨，她又舍不得白松生，又不愿意得罪婉姐。她知道得罪白松生，也不能挽回谢崇婉的心来。她又知道谢崇婉对她并没有怨恨，可是她总是这样，自己也难过。

　　谢崇婉是下了决心，绝不再理白松生，她爱他到了极点，然也恨到了极点。所以黄慧君怎样写信劝她，一点也不能劝动她的心。

白松生见谢崇婉不理他，心里也有点儿不舒适，虽然他更可以和黄慧君恋爱，但快乐上总受着牵制。黄慧君也愁深似海，爱和愁互相争着，闹得心绪不宁。两个人坐在客厅里，也是默默无言。

白松生道："明天我们出城玩去好不好？"

黄慧君道："你可太什么了，我们当真抛了婉姐还独自玩去吗？"

白松生道："我是为你，我怕你着急坏了，出去散散心，同时我们再商议商议，我们究竟怎么办。在这里，叫婉瞧着，更叫她不好过，不如我们离她远些，谈得还畅快，你看怎么样呢？"

黄慧君道："好吧。"她这时心里很乱，只得答应了他。白松生遂和她约好明天下午二时在西单大餐厅见面，然后再一同出城。商量好了，白松生走了。

黄慧君仍是心里不舒适，好像一团乱丝一般，再也择不出头绪来。谢崇婉见了她，也不像以前那样亲热了，使她心里更觉难受。第二天，她的精神也坏起来。这两天睡也睡不好，吃饭也吃不香，终日昏昏沉沉，又像无知觉，又像知觉非常复杂，如大祸降临的样子。

谢老太太也不知道她们闹了这么一个风波，谢崇文整天在外边跑，也不过问她们的事。老妈子虽然看着两位小姐神色不大协调，但以为两个人闹了一点小脾气，也不敢过问，使得她们两个人更无主宰了似的。

黄慧君正在彷徨无主，忽然老妈子告诉她电话有人找她，她连忙去接。一听是白松生打来的，说在大餐厅等了她半个多钟头了，她这时才想起来昨天和白松生定的约会。她挂上电话，进屋拿了皮夹子出了门，雇车到大餐厅去了。

白松生见了她便埋怨她为何事来晚了，黄慧君不高兴道："根本我就忘了。"

白松生道："你是故意的吧？"

黄慧君道："我犯不上跟你拿这个架子，这时候没有工夫捣这个乱了。"

白松生道："但是你忘记了，也总算是一种过失吧？"

黄慧君站起来道："我回去了，再见。"

白松生连忙拦住她道："你何必生这么大气，别走，我不说了成不成？"

黄慧君道："走吧，我们出城好啦。"

白松生道："成。"立刻付了钱，陪着黄慧君走出来。

坐上电车，一直到西直门，然后坐洋车到农事试验场，他们进到里面，且走且谈。

白松生道："你为什么又犯了脾气？"

黄慧君道："我没犯脾气，我就是这样儿。"

白松生道："刚才在大餐厅里，对我的态度，叫我多么难堪呢。"

黄慧君道："谁叫你先对我发脾气。"

白松生道："我因为爱你心切，所以才求全责备。"

黄慧君道："我也不是不爱你呀。"

白松生道："究竟你爽约，就足以表现你不太忠实。"

黄慧君道："难道就不许我忘记吗？我的脑子乱，就许我忘记的。"

白松生道："哼，我早知道，你又听了婉的话。"

黄慧君生气道："胡说，婉姐才不说这些，你不要侮辱我的婉姐！"

60

白松生忙道："我绝对没有一点侮辱她的意思，你的婉姐，也是我的婉姐。我不过怕婉姐不了解我们的爱，以为我是见异思迁的人，我并不是得新忘旧的人。"

黄慧君道："哦，你又得了新，又不忘旧，男子永远没有够。"

白松生着急道："慧君，你怎么总叫我着急呢？我的心你还不相信吗？我的意思是我并不把婉姐看作路人，不过爱情不是勉强的。我的意思是叫婉姐知道我们的爱是坚固的，是自然的，我并不是对婉姐有什么恶意，也不是还惦记爱她，你怎么说话老不饶人，难道你非叫我死不可吗？"

黄慧君见他那着急的样子，脸庞是那么好看，他的眉再一皱，更觉动人，她笑了。白松生一见她笑了，便道："你净故意叫我着急！"说着，便抱着她吻了一下。

他们虽然暂时快乐了，但是黄慧君仍免不掉心中的忧愁。她有句口头语是"怎么办哪"。她不知说了多少次，可是白松生也没有彻底答复她。白松生答复她的是："结婚。"可是黄慧君所忧虑的不是结婚问题，而是谢崇婉问题。

结婚当然要结婚的，并且他非娶她不可，她非嫁他不可，两个人的结婚，是不成问题的。至于婚后的经济问题，他们都可以先不去想，所要紧的是目前如何使谢崇婉了解他们的爱。假如能得她的谅解，那是最圆满不过的。因为家庭里定是没有问题的，假如谢崇婉始终不谅解，那结婚便要成了问题，因为只要她向家里说一句坏话，她家庭的反对是无疑的。同时，他们也不愿意叫谢崇婉伤心到那样，他们自己研究的结果，是只有向谢崇婉哀告劝释，除了这样是没有办法的。可是这样做，又知道不会成功。

他们谈着，连风景都没有顾得看，有时两个人意见不大一致，便吵上几句。一会儿拌嘴，一会儿又和好了，一喜一怒的，不知不觉来到了园子的西北角。那角处有个亭子叫挹翠亭，亭子在一个土坡上，登亭可以往墙外望白石桥、长河、西山、五塔寺等景点，里面四围都是树丛遮着，非常幽静。他们便坐在那里，又谈起来。他们对于婚姻问题，只是心里想了想，两人的意会而已，并没有郑重地谈到这个问题。

白松生这时想起来，便向黄慧君道："你嫁我吗？"

黄慧君道："你想，可能吗？"

白松生道："哦，不可能，你是不愿意嫁我的，你只是拿我玩玩而已。"

黄慧君道："你看哪，婉姐这样，我们的前途会好得了吗？"

白松生道："你先不要顾虑这一层，我只要问你，你嫁我不嫁我？"

黄慧君道："结婚后又怎么样？"

白松生道："一切问题，我们先放在后头，我们现在先决问题是你嫁不嫁我。"

黄慧君道："嫁怎么办，不嫁怎么办？"

白松生道："嫁我，我努力我的职业。我最近有个机会，可以去做事，一月可以进七八十元，足可以维持我们两个人的生活而有余。我们可以脱了家庭，单独生活。如果你不嫁我，我只有自杀。"

黄慧君迟了迟道："好吧，你努力谋你的职业，你的职业成了的那天，就是我们结婚的日子。"

白松生一听她答应了，不胜欢喜，抱了她便吻。他道："慧君，你现在算是我的太太了，我们回去，各人征求家里同意。倘若不同意，我们就自己登报声明，算是我们订婚。然后你就等着我，等我事情下来，咱们就结婚，你看好不好？"

黄慧君一想，也只有这个办法，遂点头答应了。他们快乐地接起吻来。

在那亭子里，外边看不见里头，里头可以看见外头，真仿佛是一个世外桃源似的。幽静极了，一切尘嚣，全都听不见，只听得鸟鸣上下，蝉声环绕。情侣们来这个地方，没有不沉醉的吧。他们又静静地坐在栏杆上，看着别的情侣们来到这个地方所题的诗句，偶然他们无话的时候，互相看了一眼，立刻使他们感觉到这个静，给他们一个极大的威胁，使得他们血脉跳动，心灵颤动。

白松生看到黄慧君的美，真想把她吞下去才解馋，他抱住了她道："你真美丽呀！"

黄慧君倚在他的胸前道："你永远爱我吗？"

白松生道："当然，我永远爱，我可以发誓永远爱你。"

黄慧君被他抱着好像全身都没了力气似的。白松生道："我们会碰在一块儿，这也许是缘分吧！"

他们谈了一会儿，看看时间已经不早，便离了亭子往回走。进了城，白松生便和黄慧君各自回家。黄慧君回到家里，谢崇文看着她笑，她晓得一定有缘故。原来她和白松生咖啡馆出来的时候，被谢崇文看见了，因为谢崇文在电车上没有招呼他们。

回到家里，见谢崇婉病恹恹的样子，心里有些明白，便问她道："妹妹，刚才我碰见白松生和慧君由大餐厅出来，他们怎么会到一块儿去了？你知道吗？"

谢崇婉道："知道。"这是女孩子一点自尊心，其实她哪里知道呢？

谢崇文道："怎么你不同他们一块儿玩去呢？"

谢崇婉没有说什么，她哭了。谢崇文一见，明白了一些，他道："怎么白松生骗了你吗？"谢崇婉仍不言语，她不愿意说白松生的坏话。

　　谢崇文着急了，他拉开黄慧君的抽屉，一看，里面有许多信，他明白了，他完全明白了。叹了一口气道："唉，真没想到，他们全是孩子呀。崇婉，你不必挂在心上了，这事即或可以挽回，也不必挽回了，将来是没有什么好结果，塞翁失马，焉知非福！"他安慰了他妹妹一些话，他出去了。

　　等到黄慧君回来，谢崇文向黄慧君一笑，黄慧君便晓得他已经知道了。她这时感到环境使自己不安了，回到屋里，见谢崇婉在躺着，似乎又哭了，她一心酸，眼泪又流了出来。

　　这时，谢崇文走了进来，叫她道："慧君，来，我跟你说几句话。"说着转身便走。

　　黄慧君擦了眼泪，便跟了他，直到客厅。谢崇文见她难过的样子，本想说一腔责备她的话，现在也没有勇气了，只得问道："怎么一回事呢，慧妹？"

　　黄慧君道："婉姐没有跟你说吗？"

　　谢崇文道："没有，我在西单大餐厅前看见你们了，回来问婉，婉也没说。"

　　黄慧君遂哭了，一边落着眼泪，一边述说以前的经过。从白松生怎么给她写条儿，一直到如何叫婉姐看破，说了一遍。

　　谢崇文直唉声叹气。他道："事已至此，也没什么可说的。婉妹我已经劝她完全放弃了。你呢，你有你的自由，我不便说什么。不过你住在我们家里，我们实在有保护你的责任，我可以拿做哥哥的态度，来向你进几句忠言。听不听呢，还是在你，不过我的责任总算尽了。白松生这个人，倒是可爱，不用说你们，连我也很喜欢他。可是他太年轻，心太浮了，你们都是没有理智的孩子，这样的结合，前途是很危险的。"

谢崇文说到这里，点一支烟吸着，又接着说："我想，你的父亲也未必能够答应的。"

黄慧君道："但我以为我父亲允不允许，都不妨碍我们的进行。大哥的好意，我是很感激的，可是大哥未必了解我们两人的爱。"

谢崇文道："爱情当然非局外人所能知道的，不过各人的个性如何，任何人都可以清楚一些。爱情这个东西，好像是一种艺术，和人生似乎无关，更谈不到什么器识。人们应当为爱情而爱情，不能为环境而爱情。野人或是拉车的，也许爱得比有钱人的阔少纯洁得多。但是有一样，人们有了知识，就是痛苦的事。为了免除痛苦，在爱的最初，似乎应当谨慎一些。因为社会是复杂的、进化的，已经不是那单纯古朴的时代，将来或者还要进化到那种地步，不过现在的社会，还不够我们所理想的那种社会。我们必须有相当理智来克服感觉，我们必须把爱情和人生一起讲，因为我们这一生不是全在恋爱生活里，不要图了一时的快乐而把终身的幸福葬送了吧！

"婉姐的痛苦是你亲眼见的，希望你不要再重蹈她的覆辙。他们那急速恋爱，已经是不对了。你婉姐没有看得清楚，所以才有痛苦。你是聪明的，你竟没有想到吗？恋爱最有价值的是从友爱起始，或是道义交，或是器识交，或是文字交，都是纯洁而伟大的而持久的。为名，已经不太好，但还有相当价值，像那拜金、慕势、爱美，这是最无价值的事。慕势力，拜金钱，这只是出卖肉体，那爱美却连灵魂都受了欺骗。固然，我们不能说美是不好，美是爱的最初条件，不过在爱美之后，必须要观察他的器识、性格如何，如果光拿美来做爱情条件，那非要痛苦不可。因为具美的条件的人，往往自恃而骄傲，以为人人都可以爱他，他就不拿爱情当作一回事了。有知识的还知检点，知识浅薄的，性情最易流动。社会上的失恋、欺骗等罪恶，不都是这种浮浪青年所造成的吗？

"白松生这个青年，还很诚恳，不过理智太薄弱了，他抑制不住他的感情变化，他爱了婉，又来爱你，这是他的不对。但在你看来，是绝对的对，别人任怎么说他不好，你也不为所动，这个原因就是你直接受了他的实惠。譬如说，一个有钱的坏人，为富不仁，坑人利己，人人都骂他的，在你也要骂他不对，可是他忽然给了你一万块钱，于是你感觉他对你不错，别人再骂他不好，你也不相信的，爱情也是如此。我今天跟你说得似乎很多，也许你完全听不进去，那我也不管了，我只尽了我的责任。我希望你们暂且不要谈到婚姻，还是从头交朋友，慢慢再考察考察，然后再定终身，也还不迟。"

说着，把烟头扔在痰筒里，站起来道："你歇着去吧，劝劝你婉姐，别叫她太难过了。"说着走出去了。

黄慧君默默无言，越想越难过，她一边抽泣着一边走回自己屋里。谢崇婉见她这个样子，也很难过，想不到好好的一个快乐家庭，为了这一点事，闹得愁云惨雾。

黄慧君尤其心乱如麻，因为她还要顾到将来的事。当天晚饭没有吃，从夜里就发烧，头晕，第二天便病得不能起了。家里人看了，也着了慌，因为总有保护她的责任。于是便给她请大夫，诊治抓药。黄慧君要住医院，因为她感到环境使她难过。谢崇文等也以为叫她住几天医院，休养几天也倒好些，便把她送到德国医院去了。

下午，白松生来了。进到客厅，坐了半天，也没有人过来。谢崇婉知道他来，只是不理他，他晓得黄慧君没在家，便垂头丧气地

66

走了。第二天，先打电话，老妈子告诉他没在家，他以为黄慧君对他又变了心，心里的难过就别提了。第三天又打电话，仍告诉他没在家，他恐怕是老妈子故意冤他，他又亲自到家里来找她。这时老妈子告诉他，黄小姐住德国医院呢。他听了，着急得了不得，急忙到医院去看望。

和黄慧君见了面，黄慧君问他为什么前两天不来看自己。白松生遂把前两天怎么打电话，怎么到家里找她，没有人理的话说了一遍。黄慧君又为他难过半天。白松生又安慰她许久，最后说："我已经给我哥哥去信了，叫他给我在南京急速找一个事，大概这两天就有回信来，慧君，你等我走了，到那里都安置妥当，我一定接你去。反正我过两天非走不可，不管他给我找到事没有，我先要去一趟，你安心吧，只要我们脱离了家庭的束缚，那就随我们的自由了，那时才是我们的真快乐了。"黄慧君一听，当然非常欢喜，于是病也就好了许多。过了两天，她也就出院了。

这天，白松生来了，挺欢喜地告诉黄慧君明天就走，上南京去，他大哥在南京给他找了一个事，因为正有一个机会，所以必须早去。黄慧君听了，自然欢喜。白松生又跟她说，到了那里，赶紧布置，第一个月的薪水下来就布置新居，第二个月的薪水到手就立刻接她过去。黄慧君以为从此有了归宿，真是快乐极了。白松生又把他大哥的信给她看，并且说明天早晨就走，希望送他去，黄慧君答应了。

白松生因为还要预备行装，匆匆别了黄慧君，回到家里。临走的时候，因要分别，又仿佛有许多话要说，可又想不起说什么来，于是在沉默而紧张的情绪中分别了。黄慧君想到将来的快活，心里真是痛快好多了。

第二天一清早起来，跑到车站去送行。两个人相见，真是说不尽的悲欢离合。虽然想到将来，是非常快活，可是目前就要别离了，又非常难过。

两个人进到站里，上了车，找好了座位，黄慧君便坐在他的旁边，两个人默默无言，都想着别离的情状。

黄慧君道："你必须天天给我来一封信。"

白松生道："一定，我每天都给你写一封信，就如同我每天记日记一个样。"

黄慧君道："还得写得多多的。"

白松生道："当然，有事没事，我至少写三篇儿，好不好？"

黄慧君答应着，假如要不是车上人多，他们非要接吻不可了。一会儿，汽笛响了，黄慧君连忙走下车来。站在窗外，白松生探出窗外，把手伸出，和黄慧君的手握着。两个人相视而笑，那笑是苦的，果然黄慧君的眼泪下来了。白松生再三安慰，说他每天来信，过一个月必接她到南京去。车渐渐蠕动，他们的手紧握了一阵，然而终于撒开了。

司机尽顾了他的机器，他没有回头望望有多少人在难舍难离呀！可爱的司机，路上多保他们的平安，再带回他们的信来吧！车渐渐远了，车上的人看不见了，这才感到真正别离的苦滋味。

黄慧君回到家里，心里仿佛比以前宁静一些，但是寂寞袭来，比什么都难受的。早晨别了，下午就盼着信，那如何能来得了呢？等了两天，白松生也就刚到了那里，信当然还是来不了。家里的环境似乎一天也不能待下去了，虽然谢崇婉仍是对她那样好，可是她总觉得有隔膜似的。

这天，信来了，不是白松生的，而是她父亲的。她拆开一看，却见怒气满纸，全篇都是痛责她的话，并说如果要和白松生结婚，他就不再认她做女儿，同时马上叫她离开她姑母家。黄慧君一看，浑身颤抖着，她想到定是谢崇文给父亲去信了。可是这件大事，他不能不写信去的，万一黄慧君从他家里私自和别人结婚走了，那如何对得起她家里呢。但太约束黄慧君，也是不合适的，所以只得给她父亲写信。可是黄慧君看了信，只觉胸前一阵难过，一股热涌上来，由口腔吐出的是一口鲜血，她连吓带悲哀，晕倒了。谢崇婉一看也慌了，连忙把下人全叫来，又给谢崇文打电话，叫他回来。

　　要知后事如何，且看下章分解。

第四章　离与合

黄慧君一吐血，谢家人全着急了，立刻请大夫，买药，本想还叫她到医院去住，但是医院没有人服侍，没有亲人，更使她寂寞，不如在家里调养，家里人还伺候周到些。谢崇婉夜里看着她，有时看她病的样子，又十分替她难过，时常落泪。

黄慧君躺了几天，因为看姑母、表哥、表姐对自己这样亲切，心里还有些安慰。同时，每天必接到白松生一封信，他报告的情况，说生活很好，事情很顺遂，下月一定接她，于是她心里更宽慰多了。但是因为自己病着，没有给白松生写信，她知道白松生一定相信她。同时她因为父亲一生气，好像又害怕了些，谢崇婉倒极力安慰她，说她可以完全努力给他说。

黄慧君渐渐痊愈了，可是白松生在南京却着了急。因为他写了很多封信，始终没有接到黄慧君的信。他想黄慧君是不会变心的，也许谢崇婉给藏起来了。他给黄慧君又写了一封信，故意挂号，要黄慧君的戳子。黄慧君接到这封信，知道白松生并没有忘了自己，心里很安慰。不过她不愿意叫他怀疑谢崇婉，于是她给他写了一封信，告诉他自己病了，吐了血。信发了之后，自己略宽慰些，病渐渐轻得多。究竟年轻体力健，不几天便能下地行走了，又两天便可

70

以到街上去散步了。

白松生呢，接到黄慧君吐血的消息，真是万分着急。他私自告了几天假，偷偷跑回北平。到了北平，还不敢回家里，他是怕家里说，刚做了两天事便告假回来，又没什么正经事，非得责备他不可。所以他到了北平，先到旅馆开了一个房间，然后便直接到谢家来。

到谢家门开着，他便直接走进来。可是黄慧君这时到街上去了，家里只剩下谢崇婉。谢崇婉看见白松生进来，心里一惊，她刚要出去迎他，忽然想到白松生是为黄慧君而来的，又由此冷了下去，坐在屋里，不再理他。白松生往院子里站着，很久也没人出来，老妈子在厨房里一点儿也不知道。白转了半天，也不好出来。叫了一声慧君，没人答言，又叫了一声，仍是没人理，于是他又叫了一声崇婉，谢崇婉一听他叫自己，心里一阵难过，伏在床上哭了。白松生见半天没人理他，只好垂头丧气走出来。

他还提心吊胆惦念黄慧君的病，以为黄慧君或者有什么不测，或是回她原籍去了。他想着自己冒险偷着离开机关，私自跑到千里外来看情人的病，结果没见着，那是多么痛心的事。他无法，一边唉声叹气，一边在街上走着。

这时候黄慧君由街上回来，正和他相见。黄慧君一见，真是非常惊喜，真是想不到的事。白松生仍在垂头走着，黄慧君便叫了一声道："松生！"

白松生抬头一看，黄慧君回来了，也是大喜非常。假如不是在街上，两个人非要抱起来不可的。白松生道："你病好了吗，我真是担心极了！"

黄慧君道："你为什么又回来了？"

白松生道："我偷着跑回来看你的。"

71

黄慧君道："真的吗，为什么事前不告诉我，你一定是看别人来了吧？"

白松生道："我可以发誓，你到现在为什么还这样不相信我？"

黄慧君道："那你为什么不到我家里去？"

白松生道："我去了，我回来没敢到家，直接就来了。谁想到那里，竟没人理我。我叫了两声，也没人答言，我才又走出来的。"

黄慧君道："那么再回去吧。"

白松生道："不，你随我到旅馆去吧，我住在旅馆了，我不叫家里知道，我也怕见谢大哥。"

黄慧君道："好吧。"于是雇了两辆车，来到旅馆。

两个人先叙述别离的苦味，因为感到相聚的快活，白松生又述说他的事怎么清闲，生活怎么舒服，下月就怎么可以组织小家庭，越说越有兴趣。两个人非常快乐。一直到了吃晚饭，黄慧君因为身体仍不大复原，想早些回去。白松生因为见了她，放了心，打算明天就回去，因为那里是偷着回来的。黄慧君又坚留他多待一天，把事情全盘计划一下，白松生答应了。他送黄慧君回到家。

第二天，黄慧君一清早就来找他。他们拟了一个订婚启事，一块儿送到报馆，登广告发表。自报上发表了他们订婚启事之后，凡是黄慧君的同学朋友，便全都知道她已经有了未婚夫了，这是后话。他们在旅馆里玩了一天，快乐极了，就如同新婚夫妇一个样了。

到了晚上，白松生说："明天一清早就坐火车回南京，你不必回去，就住在旅馆，明天一起就到车站不好吗？"黄慧君也怕起不来，赶不上送他，住在旅馆里，明天可以一块儿上车站。她没言语，表示答应了。

白松生道："你已经是我的太太了，还怕什么？"

72

黄慧君道："什么呀，讨厌！"她倒在他的怀里了。这一夜，是他们两个人的生命史上最短的一夜了，仿佛一会就天亮了。

白松生没带什么行李，起来洗漱之后，就算了账，一同到车站。这一对新婚情侣，给这车站点缀得是旖旎而凄凉的景色。虽然那些人们熙来攘往，仿佛很热闹，但是谁都带着一颗寂寞的心，许多生面人凑在一块儿，尤其感到离了故乡，失去伴侣的悲哀。在车临开的时候，车站上一片珍重叮咛的惜别的声音，随着车的蠕动渐渐越来越大，终而又越来越小，以至黯然无声，寂寞地走了出来。黄慧君想到两个钟头前还是那么甜蜜，现在马上变得孤独一身了，她几乎木在那里。

回家来以后，便静静地等着白松生的好消息来。白松生到了南京，便得了一个擅离职守、免职处分的命令。他好像冷水浇头一般，恼丧到极点。为了爱人来谋职业，为了爱人而失去了职业，没办法，他不好意思告诉黄慧君失业了，他又惭愧又悲哀，同时又受了哥哥和家庭的责备，难过到极点。但是他又不愿意叫黄慧君难过失望，遂给她写了一封信，说职业上有点变化，要调到别处去，他决定为他们的幸福而奋斗到底，请她勿念云云。黄慧君接到这封信，她没有怀疑他失业了，还在静等着他的好消息。

同时，谢崇婉也接到白松生一封信，信上写着："慧妹年幼多病，望念过去恩爱，善为珍护之。松生感激，当有以报来生也。"她们都在院子里坐着，谢崇婉看了他这封信，看了看黄慧君，见她那幼稚的天真的面庞，已经失去了活泼的神气，她想到黄慧君如何吃得起这种苦呢，她哭了。黄慧君见婉姐哭了，她也哭了。两个人哭了许久，后来又都跑到屋里哭，连老妈子看了都哭了起来。好容易把她们都劝过来，从此她们更亲爱异常。

可是白松生的消息，却始终不来了。跟着不久就听说南京起了很大的变化，白松生是否仍在南京，抑或是流浪到别处去，一点消息也没有得来。一月两月三月，一年两年三年，始终是石沉大海。黄慧君的心也渐渐地冷了，虽然她不相信白松生是欺骗了自己，可是她对白松生的爱，也渐渐动摇了。她也感到白松生的感情是那样活动，而对于男子也不再起恋爱的念头，和谢崇婉两个人总是在一起，都不再交男友了。

又过了三年，黄慧君为了前途，她升了大学。在一个团体集会里，遇到刘遇安。刘遇安是一个诚恳博学的青年，两个人一见，就互相爱慕着。这时的黄慧君，已变成一个安静的小姐了。他们起初是互相通信，黄慧君说："我最喜欢静，我能够在海滨坐上一天也不腻。"刘遇安写信说："我愿意陪着小姐在海滨坐上一天。"黄慧君不知他什么意思，是不是他已经爱了自己。可巧这时候学校开游艺会，每个同学都有一张票，她的亲友当然很多，可是她不知为了什么，竟把这张票送给了刘遇安。

刘遇安接到票之后，欢喜非常，到时候便到学校去了。那时会场里人都满了，刘遇安找了一个空位子坐了。这时游艺会还没有开幕，刘遇安本来不是为看游艺而来，他觉得黄慧君给他一张票，他不好意思不来，他只想找到黄慧君，叫她看见自己来了，她一定欢喜的，然后自己再走。果然，在东边看见她了，他急忙离开座位，走了过来。

黄慧君好像正在招待同学，没有看见他，最后他叫了一声"黄小姐"，黄慧君一见，是刘遇安，十分高兴。

刘遇安摘了帽子，道了一声"晚安"。黄慧君道："刘先生有座位吗？"

刘遇安道："有，在那边。"

黄慧君一看刘遇安今天穿了长衣，文质彬彬的，很觉文雅，不由又加上一层爱去。刘遇安因为她的周围同学很多，不便和她多谈，便说了两句客气话走开了。他回到自己座位一看，已经被别人占去了。他想今天已经看见黄慧君，心里很满足，也不想看游艺，便回家去了。

第二天便写了一封道谢信，从此两个人不断地通信。刘遇安见黄慧君写的钢笔字非常清秀潇洒，比男人写的还好，他真是爱慕得不得了。他写信和黄慧君要相片，唯恐她不给，自己先寄了一张去。黄慧君接到他的相片，十分快意，但又不知他是什么意思，自己便拣出一张极小极小的照片，那是从大相片上剪下来的，单留下一个身体，贴在信上，寄了去。

刘遇安见了自然也是快活极了，便写信约她到北海去玩。她答应了。那天，下午三点多钟，他们到了北海。这天黄慧君打扮得漂亮极了，竟使刘遇安觉得惊喜。他们在仿膳坐着、谈着，高兴极了。一直到傍晚，他们吃了些点心，太阳落下去了，他们便一边散步一边转到东岸，又在一棵大树下的椅子上坐了。暮色扑了上来，唯对面西方还露着一点鱼肚白，海中的划子，只能看见模糊的影子了。

刘遇安道："真想不到我们今天会坐在这里清谈。"

黄慧君道："有什么想不到呢？"

刘遇安道："听说您是很骄傲的。"

黄慧君道："我一点儿也不骄傲。"

刘遇安说："听说您已经……"

黄慧君道："已经什么？"

刘遇安道："已经有了丈夫。"

黄慧君道："听谁说的?"

刘遇安道："听好多人这样说。"

黄慧君道："没有，他们那是胡造谣言。"

刘遇安道："听说是在南京。"

黄慧君道："更不对。"

刘遇安道："那么可不是有了?"

黄慧君道："没有，真的没有。"

刘遇安道："为什么人家都那样说呢?"

黄慧君道："他们并不知道详细，我如果有丈夫，为什么不承认呢，不承认于我又有什么好处呢?"

刘遇安道："可是他们这样说，也不能完全是捕风捉影吧?"

黄慧君道："这件事将来我再和您说吧。"

刘遇安道："现在说不成吗?"

黄慧君道："现在还不是时候，反正将来准有一天我要完完全全对您说的。"

刘遇安道："是不是离婚了?"

黄慧君道："不，根本就没有结婚，那时候完全是一种错误，因为那时候年纪太轻。"

刘遇安道："到底是……"

黄慧君道："有机会再说吧，今天不能谈，我们谈别的吧。"

刘遇安道："今天我太高兴了，尤其听到您说他们的话不确实，更使我高兴。"

黄慧君道："为什么呢?"

刘遇安道："因为我正为着不能爱一位有了丈夫的小姐而发愁。"

黄慧君一听，低下头去了。

刘遇安低声问道："告诉我，你爱我吗?"

黄慧君虽然不说，可是她笑了，这是她自白松生以后六年来寂寞生活的一声"春雷"，使她又跃跃重尝恋爱的生活了。刘遇安遂半强迫地吻了她，她沉醉了。他们一直在北海待到夜里才回去。

以后他们便时常在一起玩，过了几天，便是端午节，他们在太庙里，刘遇安叫黄慧君说她的故事，她仍是不肯说，于是便演出了在第一章以前所写的那段故事。结果黄慧君便说了。

以上所写的，都是黄慧君向刘遇安说的。刘遇安听了，十分替她难过，说到凄惨的时候，他也流了很多的泪。他道："真不知道你会经历这样的悲剧，以后我绝不再给你苦恼了，我要安慰你一生，我一定要爱你到底，慧君，这时想起来，我还替你难过呢。"

黄慧君把她这个故事，一直说了两个多钟头，她喝了些茶，天也不早了，便一同走出来，到饭馆里吃了晚饭，然后又遛大街。一直到深夜，刘遇安才送黄慧君回家。走在胡同里，又僻静又黑暗，一直送到她家门口，才转身回去。从此他们便每天在一起玩，一直过了一年，虽然中间黄慧君曾发几回脾气，闹几回意见，但刘遇安一想到她以前的可怜遭遇，便对她全都谅解了。

于是他们又订了婚，这回她的家里也不表示反对了。一来因为刘遇安人很老实，大家都钦佩他；二来是黄慧君已经到了结婚年岁，实在不愿意她再等白松生了，都知道白松生是不大可靠的。这几年，白松生是生是死还不知道，他连个消息都不寄来，一定是变了心，所以都主张黄慧君不必再等他，耽误自己青春。现在有了刘遇安，那是比劝解还有效力。结果他们订了婚，大家也都很欢喜的。

这天又是端午节，刘遇安和黄慧君为纪念去年端午节的悲喜剧，便到长安大餐厅去吃午饭。两个人喝着啤酒，刘遇安端起酒杯来道：

"这一杯是纪念我们去年端午节的事变,来吧,干了这杯!"他们都喝干了。

刘遇安道:"你还记得去年有一天,我们在咖啡馆的屋顶,喝得满面通红了吗?"

黄慧君笑了,她想起去年曾有一次喝得脸红,不敢回家,在胡同里同刘遇安来回地走着,一直过午夜才回去。他们说起来,便全笑了。吃完了午餐,他们又去看电影,这一个端午节,又这样过去了。

人生能有几天像这样快乐的日子呢,大半是生活在苦恼里。虽然有时也快乐,然而这快乐又是苦恼的因子,越是快乐,越是将来的苦恼。这天,他们又在一块儿玩,谈到了人生,不免都发了些感慨,觉得过去几年生活,就如同梦境一样。几年尚且如此,一生当然更像是梦了。人最好是青年的时候受些折磨,到老来,也还有点生趣。青年太耽于欢乐,到老来徒增悲伤。

刘遇安道:"你想到我们将来成个什么样子?"

黄慧君笑道:"谁去想那个?"

刘遇安道:"我想到了。"

黄慧君道:"你想到是个什么样子?"

刘遇安道:"我想我们将来都老了,我是个老头儿,你是个老太太。我的头发都没有了,你的牙也全掉了,那时我们儿子都比现在的我们还要大,他们看不起我们了,说我们是老朽。我们的女儿也讲自由恋爱,你时常拿你过去的痛苦来给他们解释,他们还总是不听。你又把年轻的事对她们说,她们也很愿意听,你又说到我们俩的历史,她们都要笑起来……"

黄慧君道:"得啦得啦,叫你这一说,反倒不好过。还是马马虎虎的，看透人生，便是痛苦。"

刘遇安道："实在那看透人生的，不是悲观便是神经过敏。所以自古来说，泄露天机的人，非疯不可。什么叫泄露天机，就是把人生看透了呀！"

黄慧君道："看透人生，干什么都索然无味了。"

刘遇安道："是的，假如我们看透了人生，就不能接吻了。"

黄慧君道："讨厌，老没正经的。"

刘遇安笑道："老是正经的也没有意思了，还是说些笑话吧。我觉得对于人生有三个态度是不对的：第一，不该把人生看成玩笑的；第二，不该把人生看得灰冷的；第三，不该对于人生看得积极的，而相当严肃的，这才是对的。"

黄慧君道："可是一个人意志薄弱，往往因不受环境的支配而对于人生改变了态度。"

刘遇安道："对了，所以人们必须要培养理智。"

他们谈了许久，有时候又谈一些文学的、艺术的，谈得久了，不免抬抬小杠，等到有一个生气了，那一个又得哄，于是老是维持得很和美的。

又过了些日子，他们结婚的日子到了，事前两个人筹备得很忙碌，又是非常快活。谢崇婉看了，又是欢喜又是伤感，黄慧君反倒天天安慰她。谢崇婉的家里都是欢喜的。黄慧君的父母在这几年先后去世，只剩下她一个大哥在南京做事，不能回来，只剩了她一个人。假如不遇到刘遇安，她简直对于人生完全灰冷了，因为遇到了刘遇安，所以才把她变换了一个人生观。

结婚这天，自然非常热闹，双方的亲友同学全都热烈地祝贺他们，谢崇婉尤其高兴。等到黄慧君到了刘遇安家里之后，谢崇婉却感到寂寞了。从小时就跟黄慧君在一块儿，现在硬分别了，心里非常难过。虽然黄慧君和刘遇安两个人时常来看她，并且有时也约她到他们家里玩，可是谢崇婉总免不掉一阵阵的难过。越是见他们这样高兴甜蜜，自己越是伤感。

这天，谢崇婉忽然接到一个请帖。她很奇怪，这几年来，自己总在家里，没有交什么朋友，哪里来的请帖呢？打开一看，却是韩好学寄来的，原来后天就是韩好学结婚的日子了，他特意寄给谢崇婉一份请帖，请她参加典礼。谢崇婉把韩好学已经忘了许多日子，她心里唯一惦记的人，始终不忘的人，就是漂亮的白松生。现在韩好学给她寄来一份请帖，竟使她想起以前的事，不由又伤感起来。

这事叫黄慧君也知道了，便对刘遇安道："这个韩好学本来是婉姐的爱人，那时婉姐偏不爱他，偏爱白松生。只这一念之差，便受了这么大的痛苦。"

刘遇安道："咱们把她接到咱们家来住些日子好不好？"

黄慧君一听，欢喜不尽，便把谢崇婉接到家里来。到了晚上，三个人坐在屋里，谈着天儿。刘遇安问谢崇婉道："为什么不再找个对象呢？"

谢崇婉道："我将来就青灯古佛，了此一生了。"

黄慧君笑道："婉姐大概还在期待着呢。"

谢崇婉没有言语。刘遇安怕又引起她的伤感，便又谈到别的。

谢崇婉道："白松生究竟还是否尚在人世，或是他别有所恋，不然为什么一点儿消息都不来呢？"

黄慧君道："他吗，哼，现在一定做了官了。"

谢崇婉道："也许过着流浪生活吧？"

刘遇安道："一个人的遭遇，凭他自己脑筋来想，那是绝对想不到的，若是推想别人的遭遇，那更是不可能，我们还是谈谈别的吧。中元节快到了，各处都搭了法船。我活到现在，还没有看见过大法船呢。"

黄慧君道："我也没有看过，不过我知道那也没有什么意思。我们看那照片，不是也没有什么吗？"

刘遇安道："明天我们到什刹海去玩，好吗？什刹海我也没有去过。"

黄慧君道："我同婉姐也没有去过，明天到什刹海去看看也好，听说什刹海到中元节就没人了。"

刘遇安道："我们倒不是为逛人，为是看看风景，现在颇有些秋意了，我想什刹海畔一定很有意思的。"

谢崇婉道："什刹海并没有意思，好玩的还是后海一带，一直到积水潭。我曾去过一次，所谓什刹海的什刹，都在那里的，真正什刹海倒没有意思，锣鼓喧天地吵死了。"

刘遇安道："那么明天我们到后海去吧。"

商量好了，第二天，他们真到后海去了。他们由后海到积水潭，沿着北岸走着。天阴着，风吹来很凉，虫儿在草里叫，显得很有秋意了。

他们走到一个庙门前，谢崇婉道："在这里修行倒也不错，多么静呢。"

刘遇安道："这里和什刹海才一二里之遥，就显得有尘俗之别了。"

他们正说着，忽然下起小雨来，淅淅沥沥落在水面，仿佛起了皱纹。雨虽然不大，可是淋得久了，也会湿透衣服的。刘遇安道："我们到庙里避一避去吧。"她们全答应着，便走了进去。进了大门，并不见一人，正殿锁着，厢房住着客人，里面也没声音，他们也不好意思扰人家，便仍旧往里走。走进二门，仍是没有人，大殿的门倒开着呢，他们便向大殿里走。

这时，由配殿走出个和尚来，打了问讯，说道："请里面坐吧，喝碗苦茶。"

刘遇安道："因为下起雨来，所以我们进来打扰了。"

和尚道："请到配殿坐吧。"

黄慧君道："我们先到大殿看看可以吗？"

和尚道："可以的。"他们便进了大殿，抬头望见了金身法像，不由全肃穆恭敬起来。

黄慧君问道："我们烧炷香吧。"

刘遇安笑道："好吧。"和尚便把香燃着了一股，递给黄慧君。

黄慧君道："我给我去世的父亲祈祈福吧！"她便把香举了举，又交给和尚，和尚插在香炉里，便去打磬。黄慧君跪下磕了头，便又叫刘遇安也烧香。刘遇安只得听了太太的话，烧了香，给家乡的父老求福。他磕完了，黄慧君又叫谢崇婉也烧香。谢崇婉也烧了香。

黄慧君道："婉姐这一股香是为谁祝福呢？"

谢崇婉脸一红道："我求个签吧。"说罢，便磕了头，在签筒里抽出一根签来。

和尚拿了签，找出了卦辞，他们一看，是上上大吉，都笑了。

黄慧君道："这个签太好了，行人即刻回来，婚姻成就。婉姐这一炷香真是烧得太好了。"

谢崇婉笑道："刘太太说话还是那样天真。"

黄慧君道："哟，婉姐今天头一回俏皮，可见心里多么高兴了。"

刘遇安道："现在雨不下了，我们是不是坐一会儿？"

黄慧君道："我们回去吧，不在这里坐着了，趁着不下雨，万一回头再下大了呢。"

刘遇安道："好吧，天气也凉快，婉姐穿着衣服不多，我们回去也好。"于是给了香资，和尚合掌道谢，他们走出庙来。

这时雨后有些凉了，道路也很湿润，他们绕过南岸，雇了洋车，一直到家来。刚进到家里，老妈子便说："谢小姐，方才您家的老妈子来了，说有个人到您家找黄小姐。告诉他说黄小姐出阁了，他怔了半天，又问谢小姐，告诉他说在这里呢。他不愿意来，愿意谢小姐回去谈一谈。老妈子到这里来找了，刚走。"

谢崇婉一听便道："谁呢？"黄慧君没有言语。谢崇婉道："我回去看一看再来吧。"说着，便立刻雇车回家去了。

刘遇安望了望黄慧君道："谁找你呢？"

黄慧君道："那我怎能知道呢？"

刘遇安道："别是白……"底下的还没说出来，黄慧君突然倒在沙发上了。

刘遇安一见，又着慌了，急忙抱起她来，安慰着她。

黄慧君道："我想不会是他。"刘遇安也默然了，两个人倚偎着静等谢崇婉的消息。

这时候无话可说，趁着他们静默的机会，我把白松生写一写吧。

白松生在六七年前别离了黄慧君，到了南京，便告失业。他悲愤之余，便投入了军队。正巧赶上了内乱，他随着军队漂流。虽然他是军佐，并不扛枪，只挎了一个暖水壶，可是像他这样的文弱书生，这样跋涉，也实在受罪了。

他们从芜湖到合肥，便打了一仗。那时正是端阳节前，天气已经热了上来。合肥城外，都是不甚高的山，山上绵亘着松柏树林。

他们从树林里走，处处看见炮火的痕迹，惊心惨目。机关枪嘟嘟地响着，白松生的心，也嘟嘟地跳着。枪弹的声音，就像流水一般，一秒也不断。到夜里，他们都不敢睡觉，伏在树林里，屏息听着，连吃烟也不准。

白松生躺在地上，仰望着天空，那北斗七星，和在北京看见的北斗七星一样，于是又想起黄慧君来。他想黄慧君这时候大概在看夜戏，这时夜戏还没有散场，西单夜的大街，大概还是很热闹的。黄慧君她能想到我这时是躺在枪林弹雨之中吗？他想到黄慧君，仿佛有些安慰，可是又有些凄凉。在这震动天地的战场里，而要想到爱人，不知道是一种什么滋味。

炮声紧上来了，就和雷声一样，隆隆地连成一片。火光从远处起了，像是村屋被焚烧。他向四周望了望，同伴仍在伏着，一声也不响。

他跑到一个人的旁边问道："怎么样？"

同伴道："不要紧，远得很，卧下！"他又卧下了。

忽然退却的命令传下来，大家便全爬起来就跑。大队已经退了不少了，他们一点儿都不知道。白松生更慌了，跟着大家跑，山路上都是水田、竹地，坑坑洼洼，深一脚浅一脚，夜里又看不见，心里又乱，枪炮仍然是在头上飞，后边似乎追得更紧些。这时他只顾逃命，再也想不起黄慧君了。

他们正跑着，白松生一个不留神，掉在一个坑里，只听砰然一声，他知道遇了炸弹，"性命休矣"了，躺在那里不动。

同伴们都喊道："白爷，起来呀，别往沟里躲着，那没用。"

白松生道："你们走吧，我已经完了。"

同伴道："什么完了，起来！"说着，便去拉他。

他一摸身体全湿了，他道："哎呀，血流得这样多呀。"

同伴道："快跑吧，后边追上来了，我们扶着你。"

说着，把他扶了起来，用手电棒一照，好，原来是他的暖水壶炸了。大家全笑了起来，道："得啦，别在这个时候出洋相了，快跑吧!"于是他又跟着跑下来。

这一跑，就七十多里，一气没有停。一路上别人丢下的东西就多了，什么毯子、提灯、半口袋绿豆等，觉得沉重一点的东西，全都抛了下来。有的看着便宜拾起来，可是没跑了多远，也觉沉重，仍是扔掉了。白松生跟他们跑得简直腿都抬不起来了，什么也没有吃，口渴得厉害，也没有地方找水喝。看那水田里卧着水牛，河里一堆一堆的牛粪，他也顾不得许多，伏在那里便喝。这一口水下去，还觉得压下些热火去，不然一腔热血就要喷出来了。

喝了又跟着跑，一直跑到刘刹庙，已经是下午四点钟了。这才有打尖的消息，大家才进饭。饭是绿豆和高粱米煮在一块儿，除了这个什么也没有。白松生平时是一些也不能吃，可是这时却吃得非常香甜。吃完了之后，白松生以为就住在这里，谁知却又下令开拔。

他实在走不动了，又乏又困，一点力气也没有了。同伴有个叫王得全的，是一个老粗，他是土匪出身，自幼就在土匪里过生活。可是他心地很好，举止豪爽仁义，令人不及。他对于白松生，看他十分文弱，有时不免帮助他、鼓励他。王得全说："走啊，白爷!"白松生又怕他又不愿离开他，因为他可以保护自己，于是他们又随着军队走下来。

那时太阳已经落了，月亮升上来。跑了半夜，白松生的眼睛都睁不开了，腿简直抬不起来，虽然这样走着，但也仿佛不属于自己的腿似的。

王得全说："如果落下，可就没命了。无论如何，不能离开军队。"

白松生一听，只得随着走。就这样走着，不知什么时候了，月亮由东边到正南，现在又从正南渐渐往西转。

白松生道："怎样还不歇呢？"

王得全道："快了，再鼓起勇气来，走！"

又走了些时候，月夜行军，真是有种森然杀气。那一万多人，能拉开十里长的队形，走在田地里，一点声音也没有。忽然传下令来了，休息，全军都露宿在麦地里。白松生一听，欢喜非常，便坐在道旁，躺在麦田里。麦地里的土垄坎坷不平，但他也觉得躺在褥子上一样软，呼呼地睡着了。等到他翻身时，觉得四周没有一个人，果然军队又开拔了，只剩了他一个人。他这下可慌了，连忙顺着大路追下去。

这时，忽见对面来了一个人，他急忙往地里躲，但已经被那人看见了。那人道："什么人？"

白松生一听，是王得全的声音，心里欢喜了，如同遇到亲人一样。连忙走出来道："王得全吗，是我！"

王得全一听，连忙走过来，他道："我跟队伍走了半天，也没有看见你，想你一定落在后边了，所以我又跑回来。"

白松生道："军队不是休息了吗？"

王得全道："没有，这时又开下几十里去了，咱们追下去吧，不然是危险透了。"

白松生道："我实在走不动了。"

王得全道："好吧，咱们慢慢地赶，赶上就算，不过他们得有个站。"

说着他们又走下去。夜里非常的静，遍野一点声息也没有。

王得全道："这地方的老百姓厉害极了，你要单自一个人走，非给你活埋了不可，三个五个的都不论。"

白松生一听，骇然道："那我们两个人不危险吗？"

王得全道："不要紧，你自管跟着我走吧。"

他们一边走着一边说，忽然看见老远的地方火光冲天，照得月光都失了光彩，遍野地里照出一幅凄切惨绝的大场面。

白松生道："这是哪里啊？"

王得全道："这一定是由军队走出来的散兵干的。他们或者流为土匪，可是土匪也和他们打，本地的红枪会也打他们。土匪、散兵、红枪会彼此打，乡间是没有一天安宁的。所以军人走单了，非被老百姓误认为散兵，被活埋枪杀不可。"白松生一听，不觉毛骨悚然起来。

王得全道："这因为大队刚过去，老百姓都逃了，还没回来，不然我们也是很危险的。可是这样又难了，咱们还得找吃的呀！"白松生默默不语，他一点主意也没有，随着他走吧。

这时天又亮上来，村里的鸡在叫着。白松生有点疲乏，又有点儿饿。王得全道："咱们找个村儿买点什么吃。"

眼前便来到一个小村庄，也就有六七家住户，可是院子都不算小，门口儿种着几棵大树，门开着，可是他们没有进去。王得全叫白松生在树底下待着，他去叫门。

一会儿，出来一个老太太，王得全道："老太太有热水给我们一点儿吗？"

老太太道："有，我给您老拿去。"一会儿，给他们端出一壶热茶，那茶是本地出产的。

王得全道："老太太有什么吃的卖给我们一点儿，给你钱。"

老太太想了想道："没有什么吃的，有点高粱麦馍，您老不吃吧？"

王得全道："吃，好极啦，老太太把鸡蛋给我们煮几个，我们都给钱的。"

老太太道："鸡蛋没有，您老……"

王得全道："去吧。"

老太太去了。王得全道："方才还听见鸡叫，这时会没鸡蛋？有鸡怎么会没有鸡蛋？妈的，没办法，穿了这身虎皮，买东西都买不着。"他们又喝了碗茶，待了许久，老太太才拿出几个馍来，王得全给了她几个钱，表示决不白要她的东西。

正这时，忽然又来了七八个散兵，向老太太要水，老太太答应给他们拿去。这几个兵便跟了老太太进去的，一会儿由里面乱了营似的飞出几只鸡来，两三个兵在后面捉，一个个捉住，把脖子一拧，一个鸡也没跑了。后面又出来两个兵，抬出一筐鸡蛋来，向王得全他们道："要不要？"王得全道："来几个。"说着，由筐里拿出几个来，又对白松生道："老太太就这么想不开，给钱她都不卖，这么硬拿出来，也倒成了。"

他们吃了喝了，向老太太道了谢，老太太似乎含着眼泪，还得赔笑。王得全又和散兵招呼了一声，然后走了。

白松生道："咱们何不跟他们一路走？"

王得全道："他们没准儿上哪儿呢，也许随了大队儿，你能跟着吗？"

白松生摇了摇头。王得全道："走吧，还是追军队要紧。"

他们又往北走，饿了就跟村里的人要，渴了就喝河里的水，累了就歇着。依着白松生简直不愿意走，可是王得全却催促他，有时给他说些土匪的生活和他们的黑幕，如此也可以解解他的烦闷。

他们绝不走村庄里面，怕惹出是非来。走时又快傍晚了，白松生又有点乏，又有点饿。王得全道："前面有个小村子，我们要一点什么去。"

正说着，忽然看见这旁赫然一个死尸，浑身上下赤条条的，手足都勾弯着。白松生道："呀，这，这是怎么回事？"

王得全道："这大概是土匪，被老百姓打死的，这要是老百姓，尸首早就弄回去了。"

白松生道："哎呀，这地方老百姓这么厉害呀！"

王得全道："这是被逼出来的，没办法。"

说着，眼前来到一个村庄，他们便前去敲门，可是敲了几个门，总是没有人答应。王得全道："大概是军队过去不久，老百姓跑了还没回来，我们得想法子找点东西吃。"说着，便带了白松生从村东走到村西，门全都关着，怎么叫也没人应。

走到西头，把口儿有三间土房，门却开着的，他们便走进里面看，见里面也没有人，可是地下有个锅，里面装着水，锅旁放着许多绿豆和高粱米，锅底下有许多劈柴。王得全道："这可真是给咱们预备的，看这个样子，是刚要吃就跑了。"说着，便掏出洋火来，把柴点着了。白松生坐在地上，直嚷脚痛。王得全道："你瞧瞧，这是给咱们预备的好晚饭，多么造化呀！"

天黑了上来，屋里如果不烧劈柴，什么也看不见。锅里的水，渐渐煮沸了，王得全把绿豆和高粱米一齐倒入锅里去。他道："今天可吃着一回热的了。"

正说着，门外忽然探进一个脑袋来。王得全问道："什么人？"

一边说着一边掏出枪来，那人早抱头跑了。

王得全一下蹿到门口，追了出去，那人却跑远了。他回来道："快走，快走！"说着，拉了白松生就往外跑。

白松生道："这个饭呢？"

王得全道："顾命要紧。"说着跑出屋来，便往西跑。

这时从西南上跑来几条黑影儿，跟着向他们放了几枪。他们低着腰，绕出村口往北跑去。后边还紧着追，王得全回身放了两枪，那些人才不追了。白松生吓得都迷糊了。他们又走了很远，才在一棵大树底下歇了。

白松生道："哎呀，可怎么好？盼着吃一顿晚饭，又白扔了。"

王得全道："来，我给你挖地瓜吃，这里地瓜很多。"

说着，掏出一把小刀来，跑到地里去挖，果然挖出许多白薯来。他们就那样吃着，又香又甜。王得全还用刀子把皮削掉，才给白松生。他道："这又解渴又解饿，哈哈。"白松生也苦笑了笑。

吃完了，白松生说："我实在困得厉害了。"

王得全道："我们就在这儿睡吧，你睡你的，我醒着，别两个人都睡，你睡醒了我再睡。"

白松生遂枕着树根睡着了。他又乏又困又累，精神疲倦到了极点。他睡着后，便做起梦来，梦见仿佛有人追来，他拼命地跑，跑到一条热闹大街，有个华丽的旅馆，在旅馆里遇见了黄慧君，真是悲喜交集。他问黄慧君为什么到旅馆来，黄慧君说"因为要和你结婚"，他听了十分欢喜，说道"我先洗洗澡吧，这身上全成了泥人"。说着便进了浴室。脱了衣服便去洗澡，不料那水是凉的，越洗越冷。这时竟给他冻醒了，醒来一看，仍在荒野地里，雨下得很大，耳朵底下哗哗的水流，浑身都湿了。

抬头看王得全，正倚在树根，坐在那里睡着了。他也知道他是困极了，也不便叫醒他。自己站起来望了望，没有一处可以避雨的地方，浑身又冷，遂也坐在树根睡去，他知道明天还要赶路。幸而雨下了不久便停了。

第二天晴天了，虽然太阳晒着仍有炎热，可是这一夜的雨，下得倒是凉爽一些了。白松生略有些精神，可是还饿，他们随走随买了些吃的。当天他们竟走到了寿州。到了寿州一打听，说军队由前天来到这里，没有停住便过淮河往北去。他们便在城里各买了一身粗布的裤褂，洗了澡，剃了头。好在他们身上还带着些钱，只要买得出来就好办。白松生一见了城，虽然离着家远得很，可是看着特别亲切似的。

那寿州城外，风景非常美丽，城里也非常干净，大石头铺的道路，两旁的房屋也很整齐。那临街的住户，前面都盖着铺子样的房屋，街上摆了些摊子，都是卖大烟斗的，也有卖布鞋袜子的。他们洗了澡，换了衣服，身体略轻松一些。白松生要求在城里住一夜再走，王得全答应了。这一夜睡得好香，吃得又好些。

第二天，又换鞋袜，走路更较轻便多了。出了城，又是一片好景致。他们沿着巴公山的南麓走着。沿着山麓，是三十里的石榴树，真是美丽极了。远的淮河里，张着白的帆船，像信天翁一样。白松生精神稍微振作一些，登山过正阳关，一见帆樯林立，非常热闹。过了淮河，便是凤台。天色已经到了下午，他们索性又住了一天，把这几天的乏又补偿回来。

第二天跟着又走，到了蒙城。那蒙城的西门外，正唱着野台戏，倒很像太平年头。过了蒙城，沿路上打听军队的行踪，他们就一直追了下去。

王得全道："我们这样地追，恐怕追不上了，越追越远。现在咱们商量，怎么走好。我们再走下去，就是亳州，过了亳州就是河南境了，由那里到杞县，杞县离兰封不远了。"

白松生道："兰封不是通火车吗？"

王得全道："通，军队走的便是这条路，这些路我都熟极了，归德、曹州，这都是土匪老本营。徐州北边什么韩庄、抱犊岗，那里还有我的老朋友。到那处，咱就吃开了。如果不顾急着追队伍，咱们由这里可以奔宿州，那里坐了火车到徐州，咱们还有几个朋友，在那里玩几天。"

白松生道："我看咱们还是追队伍去吧。"

王得全道："好吧。"

于是他们又走下去。王得全告诉他在这两省搭界的地方，土匪最多，睡觉就得在野地里，越是村庄越危险，走路也得避着村庄和大道。说得白松生又害怕起来。王得全笑道："不要怕，有我呢。"于是他们又往下走，一边走着一边王得全说他的经历，怎么从小时入的杆，干过多少案子，绑过多少票儿，白松生一想自己原来就跟着杆匪一块儿走路呢。不过他们日子处得长些，感情也很好了，王得全又确是很爱惜白松生的。

王得全又问白松生的经历，白松生对他说了，并说他还有个爱人叫黄慧君，就在北京。

王得全听了，哈哈笑起来，他道："年轻轻的，都免不了爱女人，我年轻的时候也曾犯过一次迷，以后就好了。到那时候，也不知怎么回事，从心眼儿里就想她们，真怪事。"

白松生道："你们要想女人，还不是容易的事，手到擒来？"

王得全连连摇头道："那可不成，别看线上的人，还是真忌讳这个。抢夺杀烧，都可以不眨眼，唯独对于女色，这是大忌。奸淫良家妇女，那是死罪。干我们这行儿专门忌这玩意儿。一来是江湖的义气，二来女人最能败事。年轻轻的小伙子，叫女人迷住，那叫什么男子汉大丈夫？可是像你们这样标致，要是没有女人迷着也倒是怪冤得慌的，哈哈。"

他们笑着，谈着，一点儿不寂寞。走到一个村镇，天已经快黑了。那村的外边有个卖酒的，王得全道："咱们吃晚饭再走。"他们进了酒铺，要了酒菜。掌柜的好说话，问他们上哪儿去，从哪儿来，王得全便告诉了他。他说："离杞县不远了，可是没看见队伍从这里过去。"王得全道："他们也许是绕道了。"

他们正说着，忽然进来几个人，都是彪形大汉，头一个人手里还拿着手枪。见了王得全两个人，便走过来把他们围上，白松生吓得脸色全变了，王得全却神色自若。那些人一问他们，王得全却跟他们说了些土匪的行话，后来又说："别拿家伙吓人，我这里也有家伙。"说着把枪也掏出来。白松生怕他们打起来。那个为头的哈哈大笑说："好汉子，倒是咱们这道儿上的，来，拿酒来，大碗！"说着，倒了一大碗酒，一手端碗一手拿着手枪道："干这一杯！"王得全也站了起来，一手接碗，一手拿着手枪，接过来，一饮而尽。那人哈哈大笑道："朋友，走你的吧，这百十里地保你没事。"说着，又吆喝着大众走了。

白松生吓得半天说不出话来，他也不再问，他知道土匪忌讳太多。吃完了饭，掌柜的叫他们歇在这里，白松生也愿意歇在店里，王得全知道店里危险是比野地多的，但他也不愿意示怯于人，便答应了。到了夜里，他叫白松生睡，把床都搬了搬，移了个地方，他却掏出手枪，坐了一夜。

幸而一夜无事，第二天又赶路，这一气便到杞县。杞县城外周围还围着一个土城，土城与县城之间约有二里模样，完全是水，好像一片湖沼。从西、南、北三门进去，必须坐摆渡。只有东门，却有一条土路，垫得很高。他们因为无事，便坐船绕四围城。绕到南门外，有个大庙，庙前有许多树，还有一座长板桥，一直通到庙里。坐船往门外看，那庙又深又远。

白松生问："为什么把庙盖在水里？"

船户说："原来是没有水的，因为地洼，年久便存了许多水。"

白松生又买了些荸荠，这种东西在北京买很贵，这里却给了很多，一边吃着一边玩。

玩着进到城里，城里却不及寿州那样干净了。街上做买卖的倒也不少，都是卖大馒头的。

王得全说："这馒头不干，即使干了也不变硬也不裂。"

白松生道："看着这白白的倒是真好看。"

当晚宿在杞县，第二天便往北到兰封。白松生道："兰封不是通火车吗？"

王得全道："是呀。"

白松生一听见火车，就如同到家一样欢喜，很高兴地走着。中间在一个镇甸里打尖。这个镇甸也颇热闹，还有药铺棺材铺。白松生道："倒是离铁道近好得多。"他们在这里又宿了一宵，第二天从从容容到了兰封。

到的时候还早得很，一打听，夜里才有车往西去。白松生一见了火车道，他就像小孩子似的跳起来，这十几天的罪，真叫他受够了。他们打听军队，是乘火车往西开去了，开去了很多很多兵车，也不知是哪里跟哪里的。他们没有别的主意，便专心等火车追去吧。

反正不离开火车道，就如同没离开家一样。他们又听说徐州不一定怎样了，所以更决定西去。

这个荒野的县城，只有南北一条街，又没有什么商店，荒凉得和一个村落一样，一点也不像县城。到了夜里，蛙鸣处处，他们在站上等车，天有点凉了。车来之后，他们便上去，白松生乍一上车，就感到特别舒服轻快。这特别快车，直到洛阳，由洛阳还得换轻便火车。到了洛阳，下起雨来，他们虽然淋着，但白松生也感到痛快。

他们没有进到城里，住在城外的大金台旅馆。他们住的屋子还比较大，可是黑暗得白天都得点灯。可是他们都很快活，尤其白松生更高兴，以为今天可以睡一夜安稳觉了。旅馆里很乱，人也很多，他们因为屋里黑，便把门打开，略休息一会儿，洗了脸，便躺在床上，谈起天来。王得全大声唱起戏来，不知是哪儿的事。

这时，有许多女人，漂亮的女人，来他们门前来回走，有时往屋里望望。白松生很奇怪，这里为什么住了这么多女人，而且都很摩登的。他许久没有看见女人了，今天见了，真特别地感到另一个滋味。他不觉走出门来看，招得女人更围住他们门儿不去了。

白松生进来道："这女人们是哪儿的？"

王得全道："这都是妓女，住在旅馆里找客人，千万别招她们了。一理她们，她便进来，到时你得开发钱，像你这样漂亮，别说叫她们，只是让她们看看，她们都能进来的。"

白松生一听，便不敢出去了。可是外边的女人更喧哗嬉笑，故意惹人动心，真要是没把握的青年，在这寂寞的旅馆中，恐怕没有不动心的吧。

白松生虽然不理她们，但是心里又有一种说不出的骚动。王得全唱了一会儿，女人也唱起来，唱的是京剧。白松生一听，不免想到故乡，不由得叹了口气。

王得全笑道："你还想她们吗？"

这话刚说完，门口的女人便蜂拥进来好多。王得全道："你们这是干什么？出去。我们不是大爷，没钱。"

有个女人道："哟，你当我们光是要钱的啊，今天我们愣不要，你看看。"

王得全道："得，不要钱的来，要钱的请出去。"

女人道："反正这时候也没有事，陪你玩玩。"

王得全笑道："你们是看上他是小白脸儿了，是不是？哈哈哈。"

他畅笑起来，女人也笑了，拥到白松生的左右，问道："你是哪里人？"

白松生被她们一包围，如入众香国里，有点目迷五色。他道："我是北京人。"

女人道："怪不得，看你就不像这里人，你为什么干这个？"

白松生道："这个不好吗？"

女人道："好是好，可是你不像是干这个的。"

白松生道："你们都叫什么，哪里人？"

这个道我叫春兰，那个道我叫秋菊，这个道我是郑州人，那个说我是河北人。王得全道："你瞧，你那里多热闹，我这里一个人也没有，我的脸若是白点儿就成了。"

大家全笑起来。有一个走过来，坐在他的旁边道："他是什么人？"

王得全道："他是我的朋友。"

女人道："他姓什么？"

王得全道："他姓白。"

女人不信道：“哼。”

王得全笑道：“你瞧，他脸儿白就不应该姓白吗？”

女人道：“哼，你一点不老实，你看他多老实。”

王得全笑道：“他老实，他的人儿在北京多着哪，我一个人也没有，光棍子一个。”

他们就这样瞎说了一阵，夜深了，都要睡觉了，白松生也有点疲乏，便躺在床上。这时候还有妓女不肯走，却伏在白松生的身上道：“真的你姓什么？”

白松生道：“我真姓白，你叫什么来着？”

妓女道：“我叫小芽子。”

白松生道：“这个名儿很特别。”

小芽子道：“你结婚了吗？”

白松生道：“还没有，可是有太太。”

小芽子道：“这怎么讲呢，你跟你太太发生关系了吗？”

白松生道：“没有。”

小芽子道：“我不信，我会验。”

白松生道：“怎么验？”

小芽子道：“我一摸你的鼻子尖儿我就知道了。”

白松生道：“验不验也没有用处，睡觉去吧，我也该歇着了。”

小芽子道：“你明天赶路吗？”

白松生道：“对啦，明天一清早就得走。”

小芽子道：“再住几天走好不好？”

白松生道：“我还有事呢。”

王得全道：“你要给店钱，我们就不走。”

小芽子看着白松生，真有点舍不得的样子。白松生看她也是很

97

漂亮，不过她们多么漂亮，也是不及黄慧君。看着她们，总好像比黄慧君差着东西，差着什么，也说不出。想了许久，才想起黄慧君比她们多着灵魂。她们已经是失了灵魂的人了。他可怜她们，看小芽子对自己这样多情的样子，只有可怜她，而自己并不爱她。自己有了黄慧君，心里已经有了安慰，再也不想别的女人。像小芽子这样的女人，就是多么漂亮，哪有黄慧君的万分之一呢？白松生道："睡去吧，明天再见。"说着，还要掏出钱来给她，她却不要，跑去了。

第二天，雨仍在下着，他们到车站上火车。店里的妓女们也起来送她们昨天夜里陪宿的客人，小芽子是她们里面最美丽的一个。她昨天本来有客人，但是她竟让了别人，牺牲收入，来义务陪着白松生玩。今天一清早又特别早起，来送白松生。白松生见她这样多情，感到天涯何处无知己。他想假如再住几天，和她混得厮熟了，恐怕真难以摆脱呢。自己也是富于感情的，只是这一夜之谈，对于小芽子也竟有别离的悲感。

车向西开了，他和小芽子便算告别，何年何日再行相见，这真是不可预料的事。人生的遭遇，是这样的复杂，哪有什么预定安排呢？车离开洛阳，他们便把视线移到山野。雨越下越大，景致越来越好看。不过车里的空气太坏了，乘车的都是一些乡下人，气味非常难闻。白松生没有吃东西，这列车也没有饭车，他只吃了些梨。

到了灵宝，火车算是到头儿了，往西就得换汽车。他们便在城外大金台旅馆住下，预备第二天乘汽车。店里分里外两院，里院被一个师长包住了，连他的行李和他的马车等，人非常多。白松生和王得全便住在外院一间屋里。

雨是住了，而白松生的肚子疼起来，上了两趟厕所，而肚子仍是痛。同时他又吐，吐了又泄，泄了十几次，肚子还是痛，还是恶心。后来吐的和泄的都成了一种黄色的液体，肚子里都空了，仍是痛。晚饭当然不能吃了，躺在床上哼哼。王得全慌了，便叫旅馆老板来，托他买些大烟。在那里买大烟倒是并不费事，老板并且把烟灯烟枪都找了来。老板说："这一定是受了暑又着了凉，肚子痛起来了，吃点烟就好了。"

白松生本来讨厌大烟，但这时为了顾命，只得答应。王得全便给他烧，烧得了递给白松生吸。白松生吃了些，肚子不见好，头却晕起来。王得全叫他闭目养神，睡一觉就好了。白松生忍住痛，闭着眼睛，似睡不睡地昏沉地躺着。

夜深了，大地都在寂寞着，王得全也睡着了。可是白松生却又由梦中痛醒来，痛得满炕乱滚，王得全又醒了，问他怎么样了。白松生道不能活了，眼泪都流了出来。他道："我死了，你别走，叫家里把尸首给运回去，给黄慧君写封信，你把掌柜的叫来，他会写字。"王得全一听，知道他病得不轻，一定是什么绞肠痧这类病。他一边安慰着白松生，一边把老板从床上提起来。

掌柜的也慌了，终究人死在他的店里，对他总是不利的。慌忙过来一看，说道："我给你找个大夫去吧，城里现在进不去了，城外还有个大夫，脉法不错，会扎针，我看这像霍乱，非扎针不可。"

王得全道："好吧，你快去把大夫请来，多少钱，我们花。"

掌柜的连忙道："那没什么的。"说着出去了。

黑更半夜地把大夫请来了，大夫一看，认为是痧疹，当时在舌根底下扎了三针，叫白松生用力吐出一口血来，吐在地下。然后又给他几粒丹药吃，果然肚痛便止住了，也不再拉再泄。连忙称谢，给了大夫钱，大夫走了，掌柜的送回去，王得全这才放心。

白松生慢慢睡起来，第二天，身体弱得起不来。他道："我虽然好了，可是怎么那么软，歇一天再走吧。"

王得全道："你歇你的，多会好了，咱再走。真巧，就是今天好也走不了，汽车不开，这时汽车非得西安的车开来，他才开呢。西安车不来，一定是半途有个桥被水冲了，过不去。非得天晴晒晒的，才能开呢。"

白松生一听更欢喜了，起来在院中散散步。这时有个马弁走过来，给白松生行了个礼。白松生不知怎么一回事，马弁一说，才知道是求白松生替他写一封信，因为他们同伴里没有一个会写信的。白松生便答应了。进到屋里，把信写了，然后又谈了些话。王得全问了问队伍的情形，知道自己的队伍已经往西去到长安，不知由长安又到什么地方。他们是接师长太太到长安去，也是因为车不通不能走，听说已经打电报给师长，叫师长来车接她。他们谈得很高兴，谈了一会儿，马弁称谢而去。

王得全道："认识字真方便，拿起笔来，唰唰几下，就能写完一封信，多快。"白松生笑了笑。

到了晚上，白松生因为店里饭做得不好，便和王得全到街上去转。街上有家饭铺叫新春楼，白松生道："想不到这里还有这个饭馆子。"遂邀王得全在新春楼吃晚餐。吃完了晚饭，又到黄河岸上散步。

他们一边走着一边说，白松生说："只要在火车道或是汽车路上，我走到哪儿也不怕。我就怕像由合肥那样走，真是怕极了。如果没有你，我几条命都没了。"

王得全道："现在兴的这火车倒是方便极了，一天就能走他千儿八百的，可是我走惯了，也不理会。"

白松生道："不知咱们队伍究竟到什么地方去了，假如离着西安太远，我就不追去了。"

　　王得全道："那你怎么办？"

　　白松生道："西安城里有个朋友，我想找他去。"

　　王得全道："你准知道他在西安吗？"

　　白松生道："准知道，他在西安有买卖，去年我们还常通信。他的家在三原，离西安也不远，即或不在西安，到三原他家还找不着他吗？"

　　王得全道："军队你是不能追了，大概他们开到西北边境去了。我们若是追不上，非困在那里不可。我本来也不想去的，不过我是陪着你，若不然我在蒙城时就奔滁州了。"

　　白松生一听，十分感激他，又问道："那么你送我到西安后你还回去吗？"

　　王得全道："你真要到西安找朋友，那我就经潼关往南下去了。我想到四川去，四川那里有很多的朋友，现在都阔了起来。"

　　白松生道："那你一个人成吗？"

　　王得全笑道："那有什么不成？江湖人走江湖上，怕什么？走哪儿吃哪儿。这条路从前我也走过，路上还交了不少朋友，到南郑还许玩两天。"

　　白松生道："你走的路真不少啊。"

　　王得全道："我北边到过库伦，西边到过川边，南边到过贵州、醴陵、上海、苏州，差不多我全到过，东边更不用说，那是老家，熟极啦。当土匪入军队，就有这样好处，走遍天下，吃遍天下，今天在这儿睡，明天还不知滚到哪儿去。"

　　白松生一听，不禁叹息，像王得全这样的人，中国当然不知道有多少，他们的一生，真是悲壮、美丽。唉，像自己这样活了这么大，所见的还不如人家百分之一，怎不惭愧？他道："那么咱们还是一块儿到西安，在那里多玩几天，然后你再往南去好不好？"

王得全道："也好，西安我也有朋友，可是不知道在那不在，玩几天再说。"

他们一边说着，一边竟走到了函谷关。函谷关的确是个险恶关口，不过近来一修了铁路，这个关也就不十分重要了。今天玩了一天，他们回来睡觉。

第二天一清早，掌柜的来说，有汽车了，今天往西关开。他们一听，十分欢喜，便付了栈账，登了汽车，别离灵宝而去。山路崎岖，不大好走。不久，到了阌乡，车却不能进了，因为有个桥被冲断了。那汽车到那东岸便止住了，汽车上人说："此处离潼关只有三十里路，那里有汽车通到西安，大家如果愿意去，可以从这儿过河，走到潼关，一会儿就走到了。"大家一听，已经出来这么远，回去太不合算，走就走吧，反正才三十里路，大好的天气，走走算什么，何况又有这些伴儿呢，大家没有一个回去的。

附近有许多乡民走来，专门背人过河，背着一个人，手里还提着两件行李，没有点儿力气真不行。客人有想自己渡河的，可是又不如他们知道何处水浅。白松生若是走合肥那时候，这三十里当然不算什么，可是他现在病刚好，腿有些软，怕这点路程走不下来。王得全说："不要紧，走累了，我背着你，这么近不是两个钟头就走到了吗？"白松生只得由乡民背过河去。

这师长太太乘了一辆包车，他们过了河之后，潼关那处特由师长派了一辆长途汽车来接。先大家一看，有汽车来，十分欢喜，后来都想上车，车上的人一说，才知道是接师长太太的，大家没话了，

102

各自走路。又怕潼关赶不上钟点，听说潼关的汽车正午往西安开，现在九点钟了，大家一阵忙着赶路。又怕走单了危险，匆匆忙忙，行色仓皇地提包携裹走下去。

在过河的时候，师长太太看见白松生了，她有心叫他坐自己包车一块儿走，但是又怕他不肯，反而不美。她不时地看白松生，在这个地方看见这样的人，那真像沙漠里的一朵鲜花，越看越爱看。

王得全道："我想起来了，干脆你跟他们坐上车一路走吧。我一个人走也好，你到西安去，我由潼关到南郑去了。"

白松生道："不，人家是包车，不会叫我们坐。"

王得全道："跟他们一说，大概可以，都是军队上的人。"

白松生道："那么你也坐上才成。"

王得全于是便对他们说，他们不让上，说行李都堆满了，上面不能坐人。

师长太太看见白松生了，便对马弁道："叫他坐上吧。"

马弁道："上来一个人成了。"

王得全道："那么你上去吧，今天就可以到西安了。"

白松生道："不，我们一路走吧。"

王得全道："这三十里你走不动，你的病还没好。"

马弁把行李都装好了车，对他们说道："车开啦！"

王得全道："你就上去吧，还管我做什么，你还拖累我吗？"说着便揪了白松生，往车上推。白松生还没上得稳，车就开下去了，他只得爬上坐了。从一阵尘烟里，看见王得全一个人走下来，白松生的眼泪落如涌泉，一会儿便不见影儿了。他真难过得要命，比和黄慧君别离的时候还要难过万分。从此和王得全别离，一直到他回到北京，也没有再见他，并且也没有得着他的音信。白松生一想到王得全对待自己这样好，而自己这样忍心和他别了，他就要哭。

　　他在汽车上一直想着王得全悲哀，到了潼关，汽车略停了停，打了尖，仍旧往西安开去。但白松生仍是惦记王得全，他竟下了车，不再跟去了。那师长太太仿佛有点怨恨他的样子，说要知道他在这里下，根本就不叫他在那儿上了。白松生也不理这些，他奔到一个店里住了。一来他身体仍疲倦得厉害，想歇一歇，明天再坐汽车走；二来他想等王得全，他想王得全一定还要从这里经过，仍可以等着他的。唯有别离后，才知道朋友的可贵。

　　他在街上徘徊了许久，始终不见王得全来到，别的旅客都陆续到了，唯有王得全没有踪迹。他悲哀了，但仍是等着。他看那黄河夹着山西和陕西的夹界，从北边逶迤而来，到这里便和从西来的渭水遇到一块儿，一并向东流去。从脚底下，起着很高的山，往南绵亘不绝，只有脚下可以数过步数来的这点地方，是东西相通的一个要口，潼关，的确险要啊，怨不得古来军事家都把它看得很重要呀！可是古来那些成功的英雄和失败的野心家，曾在潼关争夺着、厮杀着，他们都把潼关看作贵重的东西，把在手里。成功的、得意的、失败的，望关兴叹。但是现在呢，不管成功与失败，全埋土里了，而潼关依旧巍然存在。

　　白松生想到这里，不禁叹息了几番。天黑了，没有等着王得全，只得回店。店真破，坐在屋里可以望见后面的山。他在店里住了一宿，今天是他头一天一个人独宿，叫他感到万分凄凉。一夜没有睡好。

　　第二天又坐汽车到西安，一路上荒山麓下驶着，古迹很多，如华佗碑、汾阳庙、华清池、移山庙等，但他都无心浏览。晚间到了西安，雇了人力车给拉到中心大街三晋客栈，栈房不大，好在他并不多住。这些日子吃够了苦，风吹雨淋，已使他苍老了许多，太阳再一晒，皮肤也渐渐变了颜色。现在虽然吃住比较舒服，可是感到寂寞的痛苦了。

第二天，洗漱已毕，换了干净衣服，便去找朋友去了。到了商店一问，说前几天回家了。白松生一听，如果给写信叫回来，似乎不大好，现在是找人家，得就人家的。况且到他家去拜访，更显得隆重。他打听了道路的远近，知道有汽车可通，一天的工夫就可以到达，便先回到客栈里去。第二天，又到车站上了汽车，往西关去了。

天阴着，凉风袭来，似乎要下雨。过了灞桥，雨星星地落下来。车是没有篷子的，大家在上边淋着。过了渭河，便是咸阳。过渭河的时候，把车开到船上，船夫一边唱着船夫曲，一边撑着船，渡过河来。雨是越下越大，不能再进行了，汽车停在咸阳东门外的驿站里。驿站只是一个大马棚，里面有石槽。东边有几间土房，里面有土炕，并没有人管，一些旅客从汽车上把行李卸下，铺在土炕上，掌上烟灯，吸起大烟来。因为土房里全被烟客占据，白松生只得把行李铺在马棚下石槽旁边的土炕上，和车夫并卧起来。

躺了一会儿，雨只是下，看样子，今天未必走得了，而肚里饿起来，有的便进到咸阳城里去买东西，白松生也冒着雨进咸阳了。咸阳仍是保持着古色古香，街上就和巷的宽窄差不多，里面一点声音也没有。古城再被雨一淋，石头路上哗哗地流着水，显得特别凄凉幽静。他走到十字街口，才见有卖油条和锅盔的，他一样买了一些吃了，然后又走回来。

车夫问他吃了什么，白松生道："我吃了亏了。"

车夫惊道："吃了什么亏？"

白松生道："吃了锅盔。"车夫笑了。

到了晚上，大家都睡在土房里，白松生便睡在马棚底下。马棚北边是一片草地，草被雨淋得绿汪汪的，里面的虫儿唧唧地叫。南面是一条浊水，雨落在上面，起了许多水泡儿，忽明忽灭地顺着水流去。入夜，白松生渐渐睡去，就好像自己仍睡在洛阳城外的旅馆里似的，小芽子在他身上伏着，王得全在旁边唱着孟姜女哭长城。这个梦做得好长，等到醒来看时，自己仍睡在马棚里。那车夫却在旁边唱孟姜女哭长城呢，唱得特别凄凉。

这时雨已经住了，月亮露出来，而檐间的滴水，犹如女人的眼泪一般，滴滴答答地往下落着。草里的虫孤零零地叫。白松生想到这虫儿若是在北京的公园里，它是多么不寂寞呢，而在这荒僻的草地里，也还叫得那么高兴，它感到它的生命以外，不会还有什么世界吧。他想到这里，不由落下泪来。

这时他睡不着了，种种思想都涌入脑海。他想这时家里未必能够想到游子孤零零地躺在咸阳城外的马棚里，这时的黄慧君大概正盼望我回去吧。他越想越伤心，快到天亮才睡去。可是没多久，就起身赶路。

大家上了汽车，又往下去。这回一直到了三原，下了汽车，他便按照那朋友的住址，和人打听着去了。到了那里，果然见着那朋友了。一见之下，真是都高兴得不得了。朋友再也没有想到他会到这里来。让到里面，给他洗漱，倒茶水，叫他吸大烟，这里是拿大烟待客的。

白松生道："方才下汽车到这里，见街上就有许多躺在地上吸大烟的。真是奇怪了，怎么没有人管吗？"

那朋友道："这里是公开的，随便吸，不像北京还得秘密着。"

白松生一听，环境是越来越坏，真没有法儿办了。

朋友问他怎么到这个地方来的，白松生遂把过去的事说了。朋友也替他难过了一会儿，说道："我看你不必干这事了，在我这里住些日子，我给你路费，你还是回家吧。"

白松生道："我不能回家，我已经和家庭脱离了关系，再回去不好看，何况我一无成就呢。"

朋友道："那不能这样说，父亲对于孩子，总是心疼的。"

白松生道："那我也没法见未婚妻啊！我这样回去，何脸见她呢？并且回去也不能结婚，反而更是痛苦。我非得有个事做，发笔小财，才能回去。"

朋友道："那么你就跟我一块做买卖，我给你本钱。"

白松生道："不，做买卖没有什么出息，我想做些惊人的事业叫未婚妻看，才觉满意。"

朋友道："那可真难了，这里哪有什么惊人的事业可做？"

白松生低头想了想，半天不语，后来他说："我还是追我的队伍去吧！"

朋友道："慢慢再说，我们先喝酒，明天我再带你玩玩，叫你看看三原是什么样儿。"于是他们又吃起酒来。当天晚上，朋友给白松生腾出一间房来叫他住。

第二天，他们早晨起来又一块儿说话、喝酒。到了晌午，朋友便带他到街上去玩。他们住在西城的山西街，西边靠着城墙，城墙并没有城，只是临着一道大河，河水非常深，水面和岸的距离有一二百尺。下到河底往上看，就如同两边是峭壁一样。

白松生道："我真没有见过这样深的河呢。"

他们顺着街往东走，到了城隍庙街，那是比较繁华的地方。城

107

隍庙里，还有个戏园子，唱着陕西梆子。

白松生道："这个城倒还像个县城的样儿，我见过许多城，简直荒凉得和乡村差不多了。"

朋友道："三原是渭北首富，城是很大，那条河贯穿城的中心，把城分为南北二城，回头我们去看看北城，北城原是比南城还热闹，但是现在你去看，也荒凉得不成样子了。"

他们一边走着一边谈着，不由走到北城。刚要过桥，却见由迎面走过两个军人来。白松生一见，不是别人，正是同队伍的同伴。同伴见了他，也不由惊异起来，互相盘问情形，白松生又大略把过去情形说了一遍。

同伴道："你来正好，大家都知道你一定开小差儿呢。王得全走了吗？真可惜。"

白松生又给同伴和朋友介绍了，同伴便约白松生回队里去，说这两天就要开拔了，他们是到南城买东西来的。

白松生说："我现在朋友家里住，我还有东西在那里，你们同我去取一趟吧。"

朋友道："最好一块儿到舍下，咱们痛痛快快地喝一下，全是朋友，都不是外人。若是军队不开拔，多在舍下住两天。"

白松生道："今天晚上扰你一顿吧，喝完了我同他们一块儿去了。我正没有主意呢，他们来真是太好了。"

于是他们又回到朋友家里。朋友道："我是刚从西安回来，听说城里来了队伍，可是我也没打听是哪儿的，今天遇上，真是巧了。"

同伴道："这些日子，尽下雨了，行军真感到困难，所以在这里住了几天了，大概过两天就开拔，以后恐怕没有这么久驻扎时间了。"

白松生虽然有点怕跋涉，可是他已经过了许多危险，吃了许多苦，受了许多寂寞，现在能有这许多同伴儿一块走，反而觉得高兴些了。同时自己想到出路问题，只有选择干上去才合适。

　　他们来到朋友家里，家里有存酒，炒了几样菜，喝得很高兴。白松生这时胆志又豪起来，决心从军到底。人要是不能吃点亏受点苦，还能算是男子汉吗？于是吃饱喝足，和朋友告别，又跟着同伴到队伍里去了。

　　一些旧同伴看了，不胜欢喜，可是都说白松生不白了，皮肤黑了，也渐粗起来，很有点军人风味了。从此，白松生便又跟了军队各处漂流，忽而登山，忽而涉水，辗转西北。夏天晒得出油，冬天冷风吹得裂肌砭骨，白松生锻炼成了伟男子，那种文弱书生的风致，早已不存了。

　　由西北转到塞上，约六年的光景，打了几次仗，又死了不少人。白松生眼看见一个人就那么容易地结果了，许多许多的人就那么轻轻易易地死掉了。到这时候，他对于人生观改了一种态度，同时，以前那种志趣完全没了。以前的志趣，那是少年的狂诞、妄想，说好一点就是虚荣。真正努力干的青年、抱负很大的青年，只是埋头干自己的，自己干出一样便是一样，积起来，便有了力量，把许多力量再积起来，那才能成就很大的事业。

　　领袖只能有一个，不能人人全做领袖，一个人本分地做完了他应做的事，这就算成功，就算没有白活这一生。现在他觉得无论做什么事，只要对国家尽了自己的责任，对人群尽了个人的义务，这就算是有为的青年。那对于国家与人群没有一点利益，虽然他发了财，虽然他地位高，虽然他成了什么家，那也不算好青年，只是国家的蠹虫而已。

这时白松生的军队已经流散，他个人又过了漂泊的生活，他这回想到还是回到家乡去，许多的危险、许多的苦处，使他对于故乡眷念起来，同时他怕爱人期待他时间太久了，也许很难过的，回去看一看吧。可是自己一无所成，回去见爱人，究竟有点惭愧。这时自己仿佛和爱人不能相配了，假如黄慧君嫁了自己，总是委屈了她似的。她见自己这样，不知要怎样难过呢？

回家的念头一动，说什么也止不住了，他竟又受尽了困难，而回到北平。回到北平，他是又欢喜又惭愧，欢喜的是可以和爱人相见了，惭愧的是自己仍然一无所成。既然回到北平，就得回家。硬着头皮见了家人，家里人见了他，都不认得他了，又惊又喜。他又一说他的经历，家里人都替他难过。歇了一天，第二天下午，便去找黄慧君。谁想到了那里一问，说黄慧君已经出嫁了。他一听，轰的一声，几乎栽倒在地。他本想回去，可是又问了谢崇婉，老妈子这才到刘家把谢崇婉找回来。

谢崇婉进到客厅一见，是一个生客，自己并不认识。她不由怔了，问道："您贵姓？"

白松生低下头去，眼泪都落出来，可是他强作笑容道："小姐，你还认识白松生吗？"

谢崇婉一听他说话，再仔细一看，可不是白松生？自己心里一阵难过，可是也究竟是欢喜。负心的人，居然能够再见了他。他已经变得这样魁伟，这完全是真正男子的气概，以前的那些风流潇洒完全都没有了。她便同他坐下来，叫老妈子倒茶，然后问了问他的情形。白松生含着泪把他的经过一说，谢崇婉固然听了很难过，可是多年的创伤又弥缝过来了，这几年的幽怨完全抵消了。她不再恨他了，觉得他可怜，同时她又故意提黄慧君已经结婚，来使他难过，使自己快意。可是白松生难过了，她又觉得不忍了。

白松生这时默默不语，他虽然知道谢崇婉还没结婚，但是绝不会等自己，所以他不能说出什么话来。

谢崇婉道："慧妹已经结婚，你打算怎么办呢?"

白松生怅然若失，说道："我为了她，受了这千辛万苦。虽然我一无成就，但是我纯粹是为了她呀。她既然和别人结婚，我也不再强求爱，我知道那也无益的。她结婚了，总是她的幸福，即或她没有结婚，她看了我也不会再爱我了。"

谢崇婉道："究竟你打算做什么呢?"

白松生说："自杀，我不干，我已经把我锻炼成一个健全体格了，我不能这样牺牲了，可是我还有什么生趣呢?"

这时候谢崇婉虽然看白松生变了样，不像以前那样风流儒雅，但是眉宇之间，却有英勃之气，不觉又动了爱念，何况她始终并没有忘怀了白松生呢，但是她不知白松生是否爱她。她道："今天有意思极了，我同慧君和她的丈夫到积水潭去游玩，在一个庙里避雨，我们无聊，便烧起香来，一人烧一炷香。到了我烧香时，她们问我祷祝谁的平安，我没有言语。你猜我是祝福谁呢?"

白松生知道她仍爱着自己，这时自己又深悔那时不该爱黄慧君的。这时他反而有些怅然了，他含着泪笑了笑。

谢崇婉又从皮夹子里拿出一张字条来道："这是我烧香后求的签，你看很灵呢。上面不是写着行人即至吗?"

白松生接过来一看，便道："婉，你还爱我吗?"谢崇婉低下头去。

白松生又道："我应当怎么向你表示忏悔呢?"

谢崇婉的泪也下来了，看着那签不语。白松生道："你可以跟我去吗，我也焚烧一炷香去，一来忏悔，二来祝福我们永远相爱吧！"谢崇婉答应了。

　　过了不久，什刹海的一个庙里，又现出他们两个人的俪影，正跪在佛像前，焚香默祷呢。

凤求凰

第一章　明日黄花

北京西城是学校区域的，临着大街有个大学校，除了教室、校园、运动场之外，另有一个院落，是办公大楼。

这一座办公楼里，楼上楼下，男男女女，差不多有一百多人，这也是一个小社会啊！这座楼的西南角上有几个很大的办公室，一个是译课，凡关于学校出版物，都由这儿管理。一个是庶务课，一个是文书课——这三个办公室是紧邻，较远一点的是秘书处。秘书处的人物，都仿佛正人君子之流，个个道貌岸然，撰文弄墨，雅得令人冒酸水。人头儿比较复杂一点的是庶务课。

最近文书课来了一位年轻女郎，看着有二十五岁的样子，打扮得非常朴素，一双秀眼，两条剑眉，显得又大方又庄重。女郎姓施叫施蕙英，她是个大家闺秀，所以态度非常庄重。

她进到学校文书课以来，文书课倒是没有什么，庶务课却骚然了。由课长到职员，莫不借着因由儿到文书课走走，以便多看施蕙英几眼，吊吊膀子。或是找个茬儿说两句，回头到庶务课一宣传。文书课的课员们倒都是很老实的，平常都很规矩，现在一有了施蕙英，越发规矩起来。

文书课周课长是一个老成而有架子的人，并不常到课里，偶尔来一趟，大概看了看公事马上就走，所以庶务课的课员们更时常往这屋里跑了。跑着跑着，不免就互相嫉妒起来，表面虽然没有什么，可是心里都另搁上一股劲儿了。

其实施蕙英小姐是一点儿也不知道。学校里有许多教授，他们另有他们的休息室，不在办公大楼里的。这里有位青年教授萧涤澄萧先生。

萧先生有三十一二岁，穿着西服，细高身量，很像美国人的体格，他是文学系的讲师，担任些小说课程，人非常精神，而写作也颇有经验。因为编著讲义，所以时常到文书课来自己接洽。因为他的东西引证外国书籍时候多，别人都不大懂，只得和施蕙英小姐说明。

他是很客气的，有时叫施蕙英很不安。施蕙英未入校之前，便时常在报上读到他的文字。同学朋友等差不多天天要谈起的，所以给她一个很深的印象。她来到学校，很以不随班听讲为憾。这次萧涤澄为了讲义的事，直接和她接洽，她觉得有接近他的机会，十分高兴。

每次见面，她总想把自己仰慕的话和对于他的作品的印象向他来说，但是终没有机会。因为萧涤澄来了，光是谈公事，谈完公事马上就走，一句闲话不说，使她非常懊恼，以为萧涤澄看不起她。

其实萧涤澄是不知道人家会这样崇拜他的。他今天又来到文书课。原来萧涤澄今天看施蕙英眼睛，仿佛曾经哭过一回的，不由说道："今天的事，可以不忙，明天或搁两天办也可以。假如您有点不高兴的话……"

施蕙英道："没有什么，我老想有工夫和萧先生谈一谈，把我的过去和萧先生说一说。"

萧涤澄料她一定有什么委屈的历史，不由分说道："那么下班后我可以来听一听吗？"

施蕙英道："当然可以，我是想跟萧先生说，如果萧先生有工夫的话……"

萧涤澄道："有工夫，有工夫，施小姐回去晚了可以吗？"

施蕙英道："没有什么不可以，不过，回头您听了我所说的事情，您就明白我的环境了。"

萧涤澄道："好好，今天正好是第四点钟有课程，我下了课，您大概也下班了，我们再谈吧。"就此匆匆走了。

施蕙英想到今天能把自己的事情，向一个明达社会人情事理的人述说出来，真是一生再也没有这样痛快的事，她高兴了。

她一高兴，庶务课的老爷们又啾咕上了，说她这时候又高兴了，说不定是萧涤澄把她拍舒服了，大家纷纷议论不提。

钟敲五下，各课陆续下班，便把各文件都整理起来。同事都陆续步了出去，剩了她一个人，正一幕一幕地想她过去的情史。忽然外面有人敲门，她道："请进来。"

门开处，萧涤澄进来了。不知怎的，心里仿佛总不安宁似的。

萧涤澄道："施小姐，忙完了吗？"

施蕙英笑道："忙完了，萧先生，有工夫吗？"

萧涤澄道："有！有！"说着两个人对面坐了。

施蕙英道："本想和萧先生到公园地方谈谈，比较清静一点。可是同事人太复杂，他们脑筋不清楚，随便就许说出什么话来，真讨厌了！"

萧涤澄笑道："是，是，别人不是都像我们这样坦白的。"

施蕙英道："我想把我的过去和萧先生谈谈，萧先生要能够编成小说，那我这一生便不算白活了。我现在的环境非常恶劣，有许多人劝我找出路，有许多人还不谅解我，我苦恼极了。我现在已心如死灰，我若是不看了我的小孩子，我早就死去了。"

萧涤澄道："施小姐有了小孩子吗？"

施蕙英道："是的，已经四岁了。"

萧涤澄道："噢，很不像有小孩子的啊！您还是这样年轻。"

施蕙英笑了笑，她道："我已经是快入墓的人了。"

萧涤澄道："哪里话来，施小姐这般青春，正是活泼的时候，怎么说这样颓唐的话呢？"

施蕙英道："真是，我现在已心如死灰，我自竹村——我的先夫——一死，我哭了几昼夜，我那时真是要死，皆因我看着孩子太难过。"说着，很凄然的样子。

萧涤澄道："施小姐是富于感情的，可是以后还是保重身体好，小孩儿也是很要紧的。那么您和您的先生是怎么认识的呢？"

施蕙英道："在十六七岁的时候，我正在一个中学校读书。那时追逐我的人很多。"

萧涤澄道："当然。"说罢，两个人全笑了。

施蕙英道："记得有一个年轻的学生，每天总是在道儿上等着我，他也并不跟我说话，只是看着我而已。我的车又走得很快，他每天老是一早就在那里等着，不管是刮风下雨。以前我还不觉得，后来天天看见他，也觉得很是奇怪，为什么他总在道儿上等我呢？我也不好意思问他，于是也不知道他的姓名住址，日子总有两三个月。"

萧涤澄笑道："耐性也总算不少。"

施蕙英道："有一天，我的车子又走到那里。等在那里的他忽然

118

走近我的车旁，也不知扔上一个什么东西，用纸包着，当时把我吓了一跳，顺手儿就把那个纸包扔了，那个纸包包着的是什么也不知道。我当时心里很乱，仿佛又害怕又害羞，一直到了学校，跑到教室，便哭了起来。同学都问我怎么一回事，我对她们说了，她们说不要怕，我们送你回去。我想那个学生一定还在那里等着我，我提心吊胆的，谁知到那里，一点影儿也没有了。第二天我还不敢一个人走，但是也没有遇到他。一直到现在还是一个谜。"

萧涤澄道："可怜可怜，他不一定是怎么难受，甚至自杀也未可知。施小姐那时应当给他一点安慰才是，即或不爱他，也是对他说明了好得多，免得他失望厉害了，真许害一条性命。"

施蕙英道："我那时什么也不懂。"

萧涤澄道："真的不懂吗？"

施蕙英道："也许那时惧怕的心理胜过爱的心理，所以爱的观念一点也没有了吧。"

萧涤澄点头道："这也是的，那么以后……"

施蕙英道："现在我该说我和竹村的事了。我们住了一所大房子，这所大房子一共几个院子，我们因为人口不多，我哥哥弟弟又全在外边做事，所以我们仅仅住在最后的一个院子里。前面门洞儿有两间，是归竹村他们家住的。他们的人口也很简单，他的父母带着他的妹妹住里间，他住在外间。他的房子，收拾得很干净。因为他喜欢书画写字，他差不多整天闷在屋里写字。他不好出去玩，也不好说话，所以街坊都说他架子大、有脾气，其实他仅是一个老实人而已。"

萧涤澄道："啊，老实人如何爱上您了呢？"

施蕙英赧然道："每天上下学以至出门，都要经过他的门前，他早就爱上了我，可是我还不知道。我和竹村的妹妹很好，整天在一块儿。那时街坊都说大小姐没身份，老跟她们在一块儿。她们，甚至他们的父母，对待我非常的好，因为他们知道我和他的身份不同，门户不相对的。别人都看不起他们，唯有我喜欢和他们在一块儿，所以他们都喜欢我，并且还很尊敬我。竹村那时在大学念书，家里那样困难，还是这样用功，所以我对于他是很佩服的。但我们那时候一句话也没说过，有时我找竹村的妹妹玩去，和他见见面，可是也不说什么，我总见他在那里写呀画呀的。"

萧涤澄道："那是什么时候？"

施蕙英道："好像是春末夏初。"

萧涤澄道："初恋是什么时候起的？"

施蕙英道："我们简直无所谓初恋热恋，我们仅仅是很平淡地过着，一向是很谨慎的，一直到结婚前，也没有说过多少次话。"

萧涤澄道："这奇怪了，我希望施小姐很老实对我说了，其中不要隐瞒一点，我真不相信这样就会结婚的，难道一个爱字都没有说过吗？"

施蕙英道："我们一向是互相通信的，信里面是一篇比一篇亲热，可是见面仍是不说话，所以我们声明要结婚的时候，没有人不惊讶的，谁也没有料到啊！"

萧涤澄道："这也真是别开生面，我还没有听说过光是通信而见面不说一句话就能结婚的。"

施蕙英道："其间也见了几次，谈了几次，但都是很规矩的。"

萧涤澄道："请您恕我冒昧，我要知道，当您接到他第一次谈到求爱的信时，您是怎么一种感想？您要知道，写小说是注意心理描写，事实往往很枯燥，还没有理想地曲折。您和竹村先生的事，您只要说一半，那一半我也可以想象得出来的，所以关于事迹上面，您只说个大概而已，关于心理方面我要知道详细一点。因为各人的环境不同，各人的感情不同，所以心理上的表现也不同的。我所要知道的是您接到他第一封求爱的信时，您是怎么一种心理，您要能告诉我，我能给您写得更动人一些。小说主人的个性，我能够知道，那么我这小说就不会失败的了，您能原谅我这样的请求吗？"

施蕙英道："这是当然的，不过我得想一想，因为那时感情冲动，是不容易记住的。爱人现在所能回味的，只是一个快乐就完了。在当时，并没有想到后来要回忆。假如那时能想着后来怎么回忆，而努力回忆当时那情景，我当时的快乐就许没有了吧。"

萧涤澄道："这话说得实在对，比方我们现在的情形，我们也不是为将来回想而说的种种话。"

施蕙英笑道："是的，据我现在想，当时我接到他对我求爱的信，仿佛是很快活而有一点惊讶，固然，我那时也曾想到，他或者也有这一招的，并且我曾想了应付的方法，然而接到他的信时，仍是不安宁起来，自己想镇静也是不成的。"

萧涤澄道："他的信对您是怎样称谓呢？"

施蕙英道："以前他称呼我为大妹，因为见面也是这样称呼的。后来，这封信，突然称呼我'蕙'起来。"

萧涤澄道："内容都说着什么呢？"

施蕙英道："先光是谈谈学问等等的话，这封信便忽然谈些向来没对我说过的话。他说：'蕙，当你同另一个人说话时，不知为什么我竟这样的嫉妒，我想着你，我想老看着你，我见着你，便高兴起来。我见不着你，我便好像失了主宰，我简直一切的生活事业，都是为你而做。我说不出来爱慕的心……'"

她一边说着，萧涤澄一边笑着，她忽然羞赧了。她道："萧先生为什么笑？"

　　萧涤澄道："我觉得您的记忆很好，居然能背下那篇信来。"

　　施蕙英笑道："的确，那一篇信，我翻来覆去地不知看了多少遍。"

　　萧涤澄道："您接到他这封信后，回复他了吗？"

　　施蕙英道："回答他了，内容我想您一定要问的。"

　　萧涤澄笑道："是的，您真是聪明绝顶。"

　　施蕙英笑道："我回答他的，您一定很失望。"

　　萧涤澄道："为什么我会失望呢？"

　　施蕙英脸红了。她道："不，我说错了，我想您一定以为是很缠绵的吧？"

　　萧涤澄道："也不见得，这样一说，一定是叫竹村先生绝望的了。"

　　施蕙英点头道："是的，不过我是故意这样的，我相信他还会再接再厉的，不会灰心的。"

　　萧涤澄道："您倒是会擒会纵，哈哈！"

　　施蕙英低头笑了，又说："果然他又给我一封信。"

　　萧涤澄道："你们通信是怎么通法？是当面交给您吗？"

　　施蕙英道："不，我们通信都是由竹村的妹妹给传递的。以后，我们越来越亲近了，可是只限于信，人见了面，还是客客气气。"

　　萧涤澄道："何必要这假面具呢？"

　　施蕙英道："为避免别人眼目，才这样的。"

　　萧涤澄道："难道没有一次当面说过爱，一直到结婚前吗？"

　　施蕙英迟了一会儿道："不，有一次的。那离结婚的日期很近了。我将下学，手里拿着书包，因为雨下得很大，下了车便往里跑，因为院子很深，我又住在最后的院子里，不能进去，只好在竹村的屋里避雨，院里很静，没有人出入，他于是……"

萧涤澄道："于是怎么样了呢？"

施蕙英低下头去，羞赧着笑着，低声说道："他把我抱住了。"

这时两个人都没有说话，屋里很静，施蕙英抬起头来，见萧涤澄在笑着，她又脸红了，说道："您没有问的吗？"

萧涤澄道："那么以后呢？"

施蕙英道："以后便谈到婚姻问题，我们都知道我的父母不会答应的，他们定不赞成，因为我们门户不相对啊！同时，很多很多的亲友，都向我父亲提婚，他们都是很有钱的。每天送礼，不知送来多少。我的父亲还不知道我和竹村的事，只知道我不喜欢那些提亲的。我父母虽然不赞成我自由结婚，可是多少总有点爱护我，愿意听从我的意见。后来知道我和竹村已经私下订婚，这才着急，积极给我说媒。但是好多人家已经打退了，所以一时找不着相当的。虽还有人向我求婚，可是都不中我父母的意。二位老人的意思，总是愿意把我给一个有钱的，不致叫我受罪。但是我觉得有钱没钱在其后，爱情是主要问题。没有爱情，虽然有钱，也不会享福。碰巧还许要娶个姨太太，那时倒更受罪。我宁肯嫁一个穷一点，而是真爱我的，真努力要强的。"

萧涤澄道："这个意识是很好，对的。后来呢？"

施蕙英道："后来我们两个人一起见我的母亲，给我的母亲跪下，要求结婚。那样，我母亲也是不赞成，母亲气极了，骂了我一顿，可是我的志愿越发坚固了。母亲说：'你这孩子太傻，为什么嫁一个没有钱的人，跟着他受罪？这样有福不会享。'我什么话也没有说，反正我是决定嫁给竹村，决不能嫌贫爱富。后来我们竟自结婚

123

了，结婚那天，母亲一点也不知道，地点是竹村一个朋友家里，他是当律师的。"

萧涤澄道："结婚后一定很快活！"

施蕙英心里说道：萧涤澄像他写的小说，一点也不老实。她道："萧先生可以想得出来吧，可是快活没有几天，忧愁便跟着来了。我的母亲已探出我和竹村的住址来，便找到我非要接我回去不可。但是竹村哪肯放呢？"

萧涤澄笑道："当然不肯。"

施蕙英也笑了，心说：他竟不老实了。跟着说道："那时几乎冲突起来，结果，我还是被母亲接了回去。我那时对我的母亲哭了，我知道我的母亲是爱我的，她怕我受罪，我这样不告诉她就出来和人家结婚，使她伤心，也觉得很难过的。不过竹村也是爱我的，他的爱我，不在母亲之下。我被母亲接走，当然他一定苦恼极了，听说他哭了三天。我因为母爱与夫爱的交战，心里绞得碎了一样，真是说不出来的痛苦。不过我想我终是属于竹村的，暂时我把母亲安慰过来，将来不久还是归他。反正母亲也知道再给我说人家那是绝对办不到的事了，所以我和母亲终日对哭，她气了便骂我一顿，我有时辩白一下，有时就一声不语。我和母亲全都病了，我的病很重，在床上躺了两个月，母亲见我病了，心里又软了些，先是绝对不叫我出门一步，一切消息完全断绝。竹村在结婚前已经搬到别处去，他们搬家，全是为了我，怕街坊说施大小姐嫁他们家里，别人一定笑话，所以他们搬到别处去，为是给我面子。你看，不过这一来，简直更没法通消息了。后来母亲见我病得很苦，有时也叫我出去玩玩，可是总有人跟着。竹村因为见不到我，他很苦恼，但是他知道苦恼是没有用的，他想我家里所以老不愿意我和他结婚，就因为他

124

没钱的缘故，于是他便努力做事，各处找朋友谋事。本来他的性情是不喜欢找人求人的，现在为了我也没有办法，结果他竟在京汉铁路上找到一个事做，住在郑州的。"

萧涤澄道："您怎么晓得的？"

施蕙英道："他给我来信说的。"

萧涤澄道："来信家里看不见吗？"

施蕙英道："他的信是寄给他的朋友家，他的朋友和我的一个同学认识，这样转递来的，家里一点儿也不知道。"

萧涤澄点了点头，看了看手表道："今天您很辛苦了，谢谢您，我想一时还说不完，明天再说吧，您很累了。"

施蕙英道："耽误萧先生很多时候。"

萧涤澄道："哪里的话呢，今天说了两个钟头，假如要按上课钟点算，我应当拿多少学费呢？"

施蕙英笑道："好，那么您就给我吧，萧先生，我求您一点事可以不可以呢？"

萧涤澄道："什么事呢？您说吧，我一定给办。"

施蕙英道："我们最近想搬家，因为家里离学校太远了，同时房子也不够住的。萧先生如果邻居有闲的，能不能给介绍一下？因为现在找房是很困难的。"

萧涤澄道："可以可以，明天听我的回话儿吧。"说着站了起来道："您需要多少房？"

施蕙英也站了起来道："大概有十几间就够了，谢谢您。"

萧涤澄道："好吧，明天一定给您回话，今天您回去不晚吗？"

施蕙英道："不晚，明天见。"

萧涤澄道："明天见。"

125

施蕙英走了出来，萧涤澄因为不愿叫人看着一块儿出来，所以故意慢着走。施蕙英也明了这种意思，便匆匆走了出来。

回到家里，想到今天和萧涤澄谈到竹村的事情，不免十分忧戚。家里人因为这一二年来时常看到她这样愁容，所以也不大理会她的心事，只知道她是为竹村而苦恼。

她又想到她自己以后的事，她现在还很年轻，如此守下去，将来谁养活自己呢？可是自己走吧，又依靠谁呢？她本来对竹村的感情很好，决意守节不嫁，可是自见了萧涤澄之后，不知为了什么，忽然就活跃起来。她的同学、她的亲友，没有一个不知道她要守节的，并且全为她守节叫可惜。可惜的是她的活泼的青春和年轻的美貌。而大部分还是赞成她这样守节，觉得这样才是真正女人的做法，所以他们听到施蕙英立志守节和她每日的凄容，都很尊敬她。虽然有时也偶尔对她解劝几句，大家又知道她的意志非常坚决，所以家庭方面都对待她很好。这样，使得她更不好意思想到走了。

睡下的时候，她一面抚着小孩，一面想到种种，她怎么也睡不着了。她想：萧涤澄不会爱我的，他的女朋友很多，可是他对于我那样不老实，又仿佛很有意思存在。也许萧涤澄对于任何人都这样，慢慢看一看再说吧。她想到这里，又想到家庭对自己的态度，她有点愧赧，而又有点快活。

第二天，到学校里，她想到今天还得和萧涤澄谈她的事，她很快活。

萧涤澄走了进来，施蕙英忙站起来行礼。

萧涤澄道："施小姐，房我找到了，下班以后，您如果有工夫，可以去看看合适不合适。"

施蕙英道："好吧，谢谢您了，我们一同去吗？"

萧涤澄道："因为您不认识房主，我得陪您去。"

施蕙英道："好吧，下班后我在这里等您吧。"

萧涤澄道："好，好。"说罢便去了。

下班后，萧涤澄果然找了她来，他们一起走出去。

施蕙英无论见什么人，总是说这句话："我同萧先生看房去。"

他们一直出了门，雇洋车到中南海去。

施蕙英道："房在中南海里面吗？"

萧涤澄道："不，可是可以打一个穿儿，出万善殿的那个门就到了。走公园里面，又可以谈话，又可以避免许多人的眼目。"

施蕙英不再说什么，一直到中南海下了车，进到里面，沿着西岸走。

萧涤澄道："您可以接着说昨天没有说的事。"

施蕙英道："昨天我又忘了说到什么地方。"

萧涤澄道："说到竹村先生在郑州找了事做。"

施蕙英道："噢，以后也没有什么了，我现在又懒得说这件事，说得怪不好受的。"

萧涤澄道："我也觉得是，并且，我这篇小说恐怕也写不好。"

施蕙英道："怎么？"

萧涤澄道："我十分嫉妒竹村先生。"

施蕙英低下头去了，琢磨萧涤澄这句话的作用，她半天没有言语，她不知萧涤澄这句话是真意还是随便一说。

萧涤澄道："我想写您以后的事吧。"

施蕙英道："以后有什么事可写呢？我觉得不会再有什么可以写的事了。"

萧涤澄道："我假造一些吧。"

施蕙英觉得他的话处处有含蓄。她道："随便，您爱写什么就写什么。"

萧涤澄道："您不生气吗？"

施蕙英道："不是我的事，当然写的就不是我了，我何必生气。"

萧涤澄想说："真事我也会给造出来。"可是他觉得早些，没有说。

走到西岸，萧涤澄道："在椅子上坐坐好吗？"

施蕙英道："可以。"

两个人坐在椅子上。施蕙英道："中南海要比中央公园好得多，可是到中南海来的人非常少，不知什么缘故。"

萧涤澄道："一般都这样说：中央公园是野鸡公园，北海公园是家庭公园，中南海是情人公园，现在情人少所以来得便少。"

施蕙英道："来到这儿的全是情人吗？"

萧涤澄道："这我不敢说，大概是这样，可是我们……"

施蕙英道："您看，那个鸟儿叫什么？"

萧涤澄道："大概是莺吧，我问施小姐，为什么这样年轻不求点学识，却做起事来呢？"

施蕙英道："我现在没有资格深造了，虽然我很想努力。"

萧涤澄道："为什么没有资格呢？求学问还必须有资格吗？如果施小姐想入学的话，我可以帮忙的。"

施蕙英道："我对于萧先生久慕得很了，老想上萧先生的堂听一听讲，可是总是没有时间。"

萧涤澄道："我的功课听不听没有什么，不过施小姐愿意研究的话，我们可以择两个人同有暇的时间来互相研究。"

施蕙英道："那样却是好极了，萧先生这样热心，我拜萧先生为老师，我是您的学生，好不好？"

萧涤澄道："我有这样的学生，那敢则好，实在不敢当，您都什么时候有时间？"

施蕙英道："您是知道，我的工夫只是下午下班后，五时到七时两个钟头。"

萧涤澄道："七时以后呢？"

施蕙英道："七时以后必须回家里的。"

萧涤澄道："我是每天晚上都有工夫的，如此，我们就每天五点到七点这时候研究吧。"

施蕙英道："在什么地方呢？"

萧涤澄道："哎呀，您说在什么地方好？"

施蕙英道："我怎么想得出来呢？我的婆家自然不方便，我母亲家里倒可以，因为我的妹妹也很久仰萧先生的，想同萧先生学点外国语，不过道路太远，又不通电车，来回坐洋车，每天车钱不用说，就是时间都得用一个多钟头，您想两个钟头的时候，在路上占去一点多钟，多么不合适呢？"

萧涤澄道："要不然在学校里。"

施蕙英道："学校里不成，人太杂，他们回头随便说说，连萧先生跟着也不好，并且他们也未必叫你学得好。"

萧涤澄道："那么在中南海里。"

施蕙英笑道："在中南海怎么上课呀？"

萧涤澄道："怎么不成？比方我们现在这个椅子上，不是很好吗？又清静，又自然，这正是一个道尔顿制的学校啊！渴了的时候，我们可以到里面去喝茶。"

施蕙英道："只恐怕到时候念不下书去了。"

萧涤澄道："怎么？"

施蕙英道："这里究竟不是念书的环境。"

萧涤澄道："噢，这里是什么环境，谈情话的环境吗？"

施蕙英道："您看，那里有条蛇。"

萧涤澄一看，哪里有什么蛇，不由笑了，说道："我们到里面坐一会儿去吧。"

施蕙英随着他站了起来，一边走着一边说："我老想我现在一点生趣也没有了，老想不如死去。真的，我再学些知识，也没有什么用了，我要不是为了在家里心烦，我连学校都不来的，这一辈子就这样了。"

萧涤澄道："这种思想是不对的，我们一个人活在社会上，多少要为社会做一点事。能力大的，为群众社会做事；能力小的，为少数谋一点幸福。您在学校里做事，并不是为个人的，而是为社会的。假如坐在家里，一点事也不做，度着灰色生活，便准对不起社会了。您应当打起精神来，不要伤感吧。您的前途正自无限。"

施蕙英一听，点了点头道："可是我老觉得我没什么希望了。"

萧涤澄道："如果对于大众没有贡献，也可以对一个人的。"

施蕙英道："对一个人，怎么做呢？"

萧涤澄道："假如您把您的热情给一个对社会有作为的青年，鼓励他效力，安慰他的疲劳，叫他做事的效率更大，那他给社会上的利益，便完全是您所赐，那么间接也是您对于社会上一种服务了。"

施蕙英低下头去了，同时有点赧然，知道萧涤澄这话是说他自己的。她不知说什么好，随着萧涤澄走着，一直走到万字厅，那里非常寂静，一个人也没有。

施蕙英问道："这里是哪儿呀？"她觉得萧涤澄把她带到这里，

一定有什么用意，心里虽然不安，可是又非常愉快。她怕萧涤澄对于她有什么爱的表示，可是萧涤澄没有这种表示，她又觉得失望，说不出来的一种矛盾心理。

萧涤澄道："这是万字厅，非常清静，我们在这里坐一坐吧。"

施蕙英道："好。"一边坐着，一边说："萧先生您看我学得好吗？我老觉得我太笨，脑筋不够用的了。"

萧涤澄道："不，您非常聪明的。我担保您学得很好。"

施蕙英道："噢，您的学生里面，一定都比我聪明。"

萧涤澄道："不，只有您是聪明的。"

施蕙英笑道："我们不是看房去吗？为什么在这里坐起来了呢？"

萧涤澄道："坐了也无妨，您必须早回去吗？"

施蕙英道："本来学校是四点半就可以下班了，可是我告诉家里是每天六点钟下班，因为我回到家里，便不自由了，所以想找出一点工夫可以自由一会儿，因为是固定的时间，所以每天没有事，也是一个人先不回去，在外面散散步再回去。"

萧涤澄点头道："这也不错，不过……"他底下的话不大好意思说。

施蕙英明白他的意思，遂道："您大概误会我的意思了，您不知道我的环境，我是……"

萧涤澄道："我明白，我明白，不过我的意思是这样……"底下的话仍旧说不出来。

施蕙英道："什么？"

萧涤澄道："现在说这话似嫌略早一些。"

施蕙英笑道："怎么，说话还有时间性吗？"

萧涤澄道："当然有。"

施蕙英道："那么我多久才可以听到这话呢？"

萧涤澄道："大概距此不久，但也许久不能说出来。"

施蕙英道："现在说出来也无妨。"

萧涤澄道："我们先谈些别的吧。"

这时，有两个游人走来，把他们看作一对情侣似的，又羡慕又注意的样子。

施蕙英道："我们走吧。"

萧涤澄道："好。"两个人站起来，往万善殿里走去。

走过桥的时候，见有几个人在那里垂钓。施蕙英道："钓鱼非有忍耐性不可，我就钓不了鱼，我老心急。"

萧涤澄笑道："钓鱼心急还成？可是小姐钓鱼大概总钓得快一点。"

施蕙英道："怎么？"

萧涤澄道："自己有情愿上钩的呀。"

施蕙英笑了，脸向着天，说道："看那云彩多好。"

萧涤澄道："我跟您说鱼，并没有说云哪。"

施蕙英道："钓鱼一个一个地钓多么麻烦，用个网一兜，便兜上多少条来。"

萧涤澄道："如果用网，那更不用说了。如果施小姐网鱼的话，我情愿变个鱼坠到网里。"

施蕙英笑了，转脸望到别处。

萧涤澄道："现在我就许在网里也未可知。"

施蕙英道："我不知道。"

萧涤澄道："当然您不知道。"两个人似说真话似打谜地走着说。

到了东门，萧涤澄道："万善殿您没去过吗？"

施蕙英道："没有去过，倒是时常听人说过。"

萧涤澄道："那么我们往北边走一走吧。"施蕙英点头，跟着走下来。

那道儿是非常寂静，高的墙壁，荫的树木，更显得幽邃。两个人一边走一边谈，谈得连他们也不知谈了什么。

施蕙英有时一阵愉快，愉快是能和萧涤澄在一起这样亲密地谈着；有时一阵忧虑，忧虑将来萧涤澄是不是真爱自己；有时一阵害怕，害怕别人或家里知道了，于自己的名誉很有关系。自然，初嫁由父母，再嫁由自身。可是萧涤澄未必能娶自己，倘若这样不明不白地光是恋爱下去，则前途似乎很可怕。但这时心里已经爱上了萧涤澄，虽然还没有公开说出，而两心却已相印。这时如果说不爱他，也似乎迟了。

她晓得萧涤澄一定爱自己，不然他不会同自己到这里谈天，并且所谈的又都有含蓄，可见他对自己发生了爱是无疑的。他能够爱自己，自己就有嫁他的可能。虽然他的女朋友很多，自己现在是极愿脱离那个环境，而到另一个环境来。干脆说，她是不再守节了。她的不守节不是为了他的先夫，而是为了家庭的缘故。

她的心颤动了，萧涤澄也看出她的心猿意马来。可是他反保持自己的尊严，非到极热的时候，是不说"我爱你"的。

两个人默默地走着，个人想个人的心事。万善殿又是那么寂静，他们走到高坡上，那坡就像海畔的堤似的，两边长出许多大大小小的树，遮得非常严密，只容一条小路。两个人并肩走着，非得挨着不可。有时两个人走走便碰到一块儿，碰得又快活又不好意思。

施蕙英想到萧涤澄的真话来。她道："你为什么带着我走这个路？"

萧涤澄道："怎么了？"

施蕙英道："多不好走呀。"

萧涤澄道："怎么不好走？不是也走得很好吗？这里路不是很平吗？怎么不好走呢？我问一问。"

施蕙英一听，心里道：他真坏，我问他，他反倒问起我来，我怎么答复他呢？想了想道："底下多宽敞呀！"

萧涤澄道："这样不是得说吗？"

施蕙英不言语了。

到了万善殿里，东院有个神殿，里面有许多奇形古怪的像，森阴得怕人。这里一个人也没有。

萧涤澄道："害怕吗？"

施蕙英道："不害怕，我不迷信，所以不害怕。"

萧涤澄本想她要说出害怕时，顺手一抱她，但是她并不说怕，自己也无话说了。

他们寂寞地走出来。施蕙英道："什么时候了，我该回去了。"

萧涤澄道："我们出去看房去吧。"说着，出了东门。

施蕙英道："这儿是哪儿呀？"

萧涤澄道："这是南长街，房子就在这里。"

施蕙英随着他走到一家，一问，已经租出去了。

萧涤澄道："真快呀，几天就租出去了，今天真对不住您，叫您白跑一趟。"

施蕙英道："没有什么，这是我的运气不好，您有工夫再给我找一找吧。"

萧涤澄道："一定，找着时再告诉您吧，今天我很快乐。"

施蕙英笑了。她道："我回去了。"

萧涤澄道："以后再同您一块儿玩吧。"说着，给施蕙英雇一辆洋车回去了。

施蕙英回到家里，想到萧涤澄今天对她说的话，每一句都深印在心坎儿里。她一句一句地重复地温习着。以往每天回来，先要问孩子的冷热，今天似乎懒得问了。孩子若是向她说话，都要打断了她的思绪。她烦恼起来呵斥他们，孩子哪里懂得妈妈的心事呢？

她的弟妇和妹妹见她这样不高兴的样子，便叫她打牌，为是解去她的烦闷，其实哪里知道越这样越添她烦闷呢？假如这时不去理她，叫她一个人想去，她倒能得许多快活。

饭也懒得吃了，妹妹们再三叫她打牌，她不好意思推却，只得和她们一边打一边说笑话。她们都怕她想竹村，其实她想的是另一个人哪。

她一边打着一边想着，自己打的是什么，她们说的是什么，她暗自全不知道，她看着白板，光亮亮的，忽然上面现出萧涤澄的像，长圆的脸，醉人的眼睛，笑着对她看，她笑了。

三妹说道："大嫂笑了，一定抓了白板去。"

施蕙英道："你说什么我也不打它，我永远要它。"说着，便把白板竖在发财旁边。忽然又看出发财变成一个狰狞的脸，那脸像竹村，瞪着眼望她。她害怕了，她不敢看他，她的心跳得厉害，脸也红了，抓起发财来，便打了出去。

这一打，却叫二弟妇和了一个满贯。

三妹道："你瞧，她都三副落地了，你还打发财？"

施蕙英道："一个白板，一个发财，反正得打出一张去，发财拿了半天，也凑不成对儿，我要它干吗呢？"

三弟妇道："大嫂大概困了。"

135

施蕙英道："可不是，累了一天，回来你们还不叫我歇一会儿，算啦，我包了，咱们也别打了，要不然叫二弟打吧。"说着把二弟叫去和她们打，自己叫老妈子给端了两碗馄饨吃了，把孩子全打发睡了觉，然后自己躺在床上睡。

与其说睡，不如说是想，越想越睡不着。同时她们在外屋打牌，又说又笑，又拍又嚷，搅得她睡不着，索性就想吧，一直想到夜里两点，才渐渐睡去。

第二天，一清早起来，稍微整理整理家务，也没有吃饭，便走了出来。到了学校，时间还早一点儿。休息了一会儿，她想萧涤澄这时候来，可以多谈一会儿。

正想着，果然萧涤澄来了。她一见非常高兴，但是不料萧涤澄对于她，仍是平时见面那种样子，很客气的，甚而较平时更避讳似的。

她心里很难过，不知萧涤澄对自己这样是真是假，也许是不得已。他为了避免别人耳目，不得不这样，应当原谅他的。并且越是这样，才越表示他对自己有纯爱。

想到这里，她又高兴了。两个人心心相印，谁也不好意思理谁，以为谁要跟谁说一句话，别人要看出来的。

午班到了，大家都到小食堂去吃饭。施蕙英因为今天没在家吃，所以也到小食堂去开个客饭。不想萧涤澄也在那里。他也是不想回去，而在学校吃了，省得在路上跑，因为他下午还有课的，便道："怎么，今天没有吃饭出来吗？"

施蕙英笑道："对了，早晨起来不饿，今天又来得早。"

萧涤澄和施蕙英一同吃了饭。施蕙英抢着要付钱，萧涤澄只得让了让，由她给了。

两个人走出来，心里都非常高兴。她道："很忙吗？"

萧涤澄道："是的。"施蕙英又扫兴了。

原来她问的意思是今天还可以一同玩去吗？萧涤澄如果说不忙，她便可以提出学功课的话。他一说是的，她遂不能说一块玩的话了。

萧涤澄以为她说忙是指着他在学校吃饭而说的，所以答应是。这一个误会，差一点儿一部小说没有了。

到了下班的时候，萧涤澄又来找施蕙英，但是施蕙英已经走了。施蕙英呢，她以为萧涤澄今天决不会找她来，昨天不过一时高兴，所以跟自己玩了很久，今天自然有别的爱人同他玩，不会跟自己玩了。所以一下班，她便匆匆出来。

施蕙英坐在车子上想：可敬可爱，可是他总有点架子吧。我追他，他便摆起来。噢，可是谁叫我追他呢？他能接受我的爱，我就很满足了。我知道男人们的脾气，人越追他，他越端架子。

她一边想着一边暗暗恨他，恨他不会爱自己。其实她不知道萧涤澄这时也在想她呢，想她真是一个怪女子。昨天看她那样柔媚，今天吃饭，又对自己那样多情，又看她以往对竹村的事情，她是一个极富于情感而且大方专一的女性，可是她为什么下班竟不等我一等，匆匆去了呢？竟没有一点留恋便走了，难道她以为我的表白都是假的吗？

他越想越难过，他并不是一定爱施蕙英的，也不一定要接受施蕙英的爱的。不爱原也没有什么，不过已种出爱的芽，真不想得灌溉一下。

想来想去，最后想道："噢，顺其自然吧，爱苗也不是揠之可长的。可是当真把它放下，又是放不下的。"

次日他也没到楼上来。施蕙英因为昨天晚上萧涤澄没有找自己，今天又没来，知道他完全对自己无意的，也便死了心，不再想其他。

137

自己仍是本着以前的意志，过着清苦生活，不再有其他的念头。

晚上下班，收拾妥当，下楼回家。坐上电车，刚刚坐好，忽然见萧涤澄也走上车来，她连忙站起让座，萧涤澄仍旧叫她坐了。

施蕙英道："萧先生上哪儿去呢？"

萧涤澄笑道："没有目的，出了校门，见电车来了，便上了电车，您回家去吗？"

施蕙英道："是的，可是时间又早些。"

萧涤澄道："……到市场转一转不好吗？"施蕙英点了点头。

到了王府井，两个人下了车，并肩往北走着。施蕙英道："昨天您上哪儿去了？"

萧涤澄道："昨天哪儿也没有去，下班到楼上找您，您已经走了。昨天为什么走得那么早？"

施蕙英道："昨天您到楼上去了吗？我不知道，您不是说昨天有事吗？"

萧涤澄道："我没有说。"

施蕙英道："在吃完饭后，我问您很忙吗？您说是的，不是吗？"

萧涤澄道："噢，我以为您问的是晌午，唉，闹错了，几乎……"

施蕙英道："几乎什么？"

萧涤澄道："今天我们见不着，不是一个误会吗？"

施蕙英低下头去了。

萧涤澄道："您知道我今天为什么坐电车？"

施蕙英道："不知道，我也很奇怪的。"

萧涤澄道："就因为看见您上了电车。"

施蕙英心里快活极了，她低头不语，因为她得了安慰。萧涤澄见她不说话，也不便往下说了。

到了市场，一起走进去。萧涤澄道："我们可到咖啡馆坐一会儿吧。"施蕙英点了头，便和他进了咖啡馆，坐在一个单间里面，各要饮物，一边喝着一边谈着。

施蕙英道："萧先生说教我外国语，到现在也不教了，大概是没有工夫。"

萧涤澄道："这点工夫总可以有的，只怕您不愿意学。"

施蕙英道："我当然求之不得的，就是地方是问题。地方在学校，人太复杂，什么都许说出来，看见两个人在一处，便会说出恋啦爱啦。其实交朋友也有爱的，没有爱不会交朋友，不过朋友的爱和情人的爱不一样就是了。"

萧涤澄道："可是朋友的爱可以进作情人之爱的。"

施蕙英低头不语，喝着咖啡，心里是快活的。

萧涤澄道："我们回头就买书去好不好？要不然您老不愿意学。"

施蕙英道："好，不过萧先生太辛苦了，为我天天奔波。"

萧涤澄道："自是我愿意，苦也是甜的。"施蕙英笑了。

两个人饮食完了，便又到书店买了书，然后萧涤澄给她雇了车回去。

临别的时候，萧涤澄道："明天我们一块儿出去是不大好的，最好我们约定了在南海西岸的椅子那见吧，无论谁先去都在那里等。"

施蕙英道："对啦，这样最好，要不然在学校现约也是不好的。"说着，两个人分别了。

两个人的心理和滋味，这时都是相同。

第二天，两个人见面，便装作什么都不知的样子，非常客气，别人自然也看不出来。

快到下班的时候，萧涤澄便先出去，到南海，沿着西岸，慢慢走着，拣一个干净的椅子坐了。施蕙英呢，她晓得萧涤澄在那里等她，她怕别人看出来，不好意思急急地走，等了一会儿才走了出来，一直到南海去了。

一进门走了几步，便老远见西岸一个椅子上坐着一个人，她晓得是萧涤澄，但是她却故意放慢了脚步，一步一步地走，仿佛看景致似的。

萧涤澄坐在那里早就看见她了，看她忽然很慢地走着，知道她是故意，所以也耐心等着，装着没有看见她的样子，低着头看书。

施蕙英来到他的身后，拾了一个树叶子，往他帽上一放。萧涤澄一边看书一边道："晓得您来了。"

施蕙英笑了起来，她道："晓得我来，为什么不理我呢？"

萧涤澄道："为什么见了我，反而故意慢慢地走呢？"

施蕙英咬着嘴唇儿笑。萧涤澄道："请坐吧。"

施蕙英道："学生应当站着。"说完又笑了。

萧涤澄道："道尔顿的教育不是那样，请坐吧。"说着用手绢把旁边的座位掸了掸。

施蕙英坐下了，他们上了一课。他们因为日语还在适用，所以学的日语。

学了一课，萧涤澄道："您真聪明，学得太快了。"

施蕙英道："噢，我最笨了。"

萧涤澄道："大概您也很渴了，我们到瀛台去喝茶吧。"

施蕙英道："好，这样教功课，先生倒赔了本儿了。"

萧涤澄道："不，我也得到很大的益处。"

施蕙英道："您得什么益处呢？"说着，站了起来，两个人往里边走着。

萧涤澄道："我得的是精神上的益处。"

施蕙英道："我不明白，精神上的益处是什么？"她想叫萧涤澄说实话。

　　萧涤澄说不出来。他道："比方每天到公园里散一回步，是多么有益处呀。以前我老想每天到公园散步，只是因为一个人懒得来，现在非来不可，岂不是绝大的好机会吗？"

　　施蕙英道："竹村也是喜欢散步的，可是我同他走的时候很少。后来他病了，倒是我常扶着他走的。他病了十九个月，真把我想得无奈心烦。我总是安慰他，劝他。"

　　萧涤澄道："竹村先生是什么病？"

　　施蕙英道："肺病呀，我没有说过吗？唉，他病的时候，我老劝他安静地养着，不，他因为太爱我了，所以总离不开我。我们分居了十九个月，他时常拉住我的手不放。我为了他的病，不能顾及爱情，所以抽手不理他就去了。可是去了后，又觉得这样对他太冷了，所以我又安慰他说：'你好好地养病，病好了什么都能做的。我是为了你，我不能这样，你好好听我的话。'他就说：'妻，你对我太好了，我将来病好了，一定好好报答你。'我说：'你只要病好了，就是我的幸福。'可是他终于不救了。"说着，很凄惨的样子，眼泪似乎要流下来。

　　萧涤澄道："唉，这是明日黄花，往事不必提了，我们最好谈点别的吧。"

　　施蕙英遂不便再提以前的事。她道："哎呀，明天我得早回去。"

　　萧涤澄以为她忽然说这么一句，是不愿意同自己玩了，遂问道："怎么？"

　　她道："明天有一个人到我家里去。"

　　萧涤澄道："谁呢？"

施蕙英道："是竹村的一个朋友，在天津一个小学当校长。他以前常给我来信，还约我到他学校做教员去，我没有去，因为太远。昨天接到他一封信，说明天到我家去。"

萧涤澄道："他有太太吗?"

施蕙英道："问人家有太太做什么?"

萧涤澄道："我随便问一问，不是闲谈着没事吗?"

施蕙英笑了，她知道他的意思，遂道："有太太，并且小孩子都有三个了。他和他的太太感情很好，他的太太还是他的学生呢。"

萧涤澄道："师生恋爱是常事，因为师生容易发生爱情的。噢，也不一定，况且您也不是我的学生。"

施蕙英一听，又笑又不敢抬头。

萧涤澄一看，十分妩媚，不觉更加上一层楼，"我爱你"这三个字老想说出来，只是说不出，真奇怪，胆子素来大，为什么这句话不说呢?

两个人又默了一会儿，到了瀛台，他们便在东边茶座坐下了。这时很清静，喝茶的就他们两个人。施蕙英道："这两天回去得晚，家里问为什么回去这么晚，我说学校里忙，今天我想早一点儿回去，要不然家里疑心，以后倒更不好玩了。"

萧涤澄道："您不会说，下班后想学点日文，所以回去得晚吗?以后还永远回去得晚了呢。"

施蕙英笑道："您倒会想主意，可是我愿意回去晚的，不过越回去晚了越苦恼。"

萧涤澄道："为什么呢?"

施蕙英道："说不出来。"

萧涤澄道："是不是讨厌和我在一块儿?"

施蕙英道："不，和您在一块儿是非常快乐的，可是越快乐越苦恼，因为这快乐……"她不说了。

萧涤澄知道她的意思，便道："我有一句话要说，只是不好意思说。"

施蕙英也晓得他的话是什么，遂忙问道："是什么话呢？"

萧涤澄道："这话前两天便要说的，只是不肯说。"

施蕙英道："现在说吧。"她急着想听萧涤澄对她说的话。

萧涤澄道："回头再说吧。"

施蕙英道："现在说不好吗？这里很清静，没有人听见。"她晓得那句话是要避人的。

萧涤澄道："先喝茶吧，喝完茶再说。"说着，给施蕙英倒了碗茶，两个人看着海里的渔船，有两三个人在割取荷叶。

施蕙英道："他们要荷叶做什么？"

萧涤澄道："也许卖给什么水果店啦，包什么东西啦等等的。"

施蕙英道："您有什么话，您倒是说呀，现在到时候了吧？"

萧涤澄见她又问上这句话，知道她也是极愿意听见"我爱你"三个字，但是他却故意迟迟不说，所以施蕙英再三逼着问。他道："这儿说不好，回头到万善殿再说去吧。"他以为在这儿说了之后，两个人不能有什么表示，那么这句话更觉得没劲了。在一个僻静的地方说，说完可以接个吻。

施蕙英道："走吧，我们不在这儿待着了。"

萧涤澄知道她是想到万善殿去，便叫了伙计，付了茶钱，一块儿向着万善殿走去。

要知道萧涤澄说了没有，请您看下章。

第二章　愿作比翼鸟

他们仍旧度过了木桥，来到万善殿。

施蕙英仍是问道："什么话快说呀，说半语子话不好。"

萧涤澄道："我说了回头您不愿意听。"

施蕙英道："没有不愿意听的，您说吧，快说呀！"

萧涤澄道："我要说了。"

施蕙英道："说吧。"

萧涤澄道："我可真要说了。"

施蕙英道："您瞧，我要说这句话说了多少遍，可是哪一次也没说。"

萧涤澄道："好吧，这句说了。"说罢便低下声去道："我，希望，您……"

施蕙英道："希望什么呀？"

萧涤澄这时也真有点不好意思说了，施蕙英又逼着他，同时，竟用手来推他的臂。他道："我，希望您……能够……接受……我的……爱。"

施蕙英本来想到这种话，可是萧涤澄真说出来，她又不好意思了，脸也红了，低下头去。

萧涤澄道："是不是？果然不愿意听了，还不如不说。"

施蕙英道："哪儿不愿意听了？"

萧涤澄道："那么愿意听吗？"

施蕙英点了点头。萧涤澄道："那么，我问你，你爱我吗？"

施蕙英点了点头，说道："我们走那土坡上去吧。"

两个上了土坡，这时一个行人也没有。萧涤澄站住了，施蕙英便向着他站着。

萧涤澄道："KISS！"

施蕙英便凑上了脸，可是跟着又低下头去了。她只是笑，她有点害羞。

萧涤澄见她这种妩媚的神气，更觉可爱了。他抱住了她，和她接了一个吻，那久已荒芜的嘴唇儿，是那么湿软香甜。

他道："英，我爱你，我太爱你了！"

施蕙英低着头，并不言语。

萧涤澄道："我在前一个礼拜就爱你了，就要向你说。可是始终没有说出来，你知道我那时爱你吗？"施蕙英点了点头。

萧涤澄道："你那时也爱了我了吗？"

施蕙英笑道："您这样的大作家，谁见了不爱呢？"

萧涤澄道："别说笑话，你到底爱我不爱我？"

施蕙英道："不爱你就跟你一块儿走吗？头一次，你给我带到万字廊，那里一个人也没有。你，哼！第二次到万善殿看那些神像，你问我怕不怕，我本来要说怕的，可是我偏说不怕，看你怎样。"

萧涤澄抱住她道："你真会捉弄人，把人家害得过了好几天苦日子。"

施蕙英笑了，也抱住他，又接了一个吻。这个吻不像方才那个

145

羞赧了，这个吻是温存的，头一个吻是什么滋味，也说不出来，虽然努力回忆，也想不到是什么滋味。那时只顾愉快羞赧，精神上是非常复杂而兴奋，顾不得嘴唇上的滋味了。第二个吻是神经略安以后，要特别尝一尝是什么滋味，所以这个吻温存多了。

吻完了又走起来。萧涤澄道："你快乐吗？"

施蕙英道："你为什么爱问这种句子？反正你知道就得了。"

萧涤澄道："我快乐，我非常快乐，你若是说快乐，那我更快乐了。"

施蕙英道："那你就更快乐吧。"

萧涤澄又抱住她接了一个吻，这第三个吻是热辣的，差不多有三分多钟。她闭着眼睛，紧紧地抱住他。吻完了，两个人都默默无言，只是心跳动得厉害。

萧涤澄道："我真没想到我们会爱得这样快。"

施蕙英道："我也没有想到你会爱我这样深，可是我不相信你会对我专一的。"

萧涤澄道："我的女朋友固然多，可是都是纯粹朋友，没有一个讲到恋爱的。我现在很想要一个安慰者，所以我爱了你，因为我觉得你的性格和一切，都是我所需要的。"

施蕙英道："我知道你的朋友多，可是我并不勉强你爱我一个人，而抛弃许多人的，我所希望的只是你能爱我，我便知足了。"

萧涤澄道："我一定永远爱你，我们总是在一块儿的，将来你一定知道我对于你是怎样的爱了。现在说什么都不中用，只有事实胜于雄辩。"

施蕙英道："你看天气太晚了，我没有像今天这样晚回去的，你看，太阳都落了，我们回去吧。"

萧涤澄道："好，我也不愿意你回家受责备，而耽误了我们将来的聚会的。"说着便往回走着。

萧涤澄道："我希望你还是脱离你那样的环境吧，那样太苦恼了。"

施蕙英道："我有许多同学，都是这样劝我脱离，说我这样年轻，还找不到一个比较好一点的环境吗？可是我因为竹村死后，我实在万念俱灰，所以立志这样活下去。但，现在又摇动了，不过……"

萧涤澄道："好，不要谈以往的吧，明天怎么样？你是同我一块儿玩呢，还是早些回家会那位竹村的朋友呢？"

施蕙英道："你瞧你，刚谈了爱便嫉妒，我等那位朋友是一种礼，你又瞎疑心了。好，明天仍旧同你玩，那朋友我不管他了，人家骂我，我认了，谁叫我要追求你呢？"

萧涤澄道："我不过问一问，你又说我什么嫉妒了，明天还是早点儿回家吧，不要为我得罪了朋友。"

施蕙英道："你瞧你又说这些话，人家给了你，你又叫人家那样，真难办，我知道向人家追求是件非常痛苦的事。"

萧涤澄笑道："爱，不要烦恼！我们互相信任吧，那么明天仍旧在这里见吧，我在这里等你。"

施蕙英点了点头。

萧涤澄道："给我一个吻吧。"

施蕙英便和他接了一个吻，走出大门。萧涤澄给她雇了一辆车回家了。

施蕙英回到家里，家里便全问道："今天怎么回来得这样晚？"

施蕙英见自己这样不自由，晚回来一点儿，便受他们的盘诘，自己对他们那样好，可是结果总是受他们的疑心，他们不会了解自己的。自己曾经发誓守节，而他们总是怀疑，与其这样叫他们怀疑，真不如听从了同学们的话，干脆脱离他们的环境，天天受他们的气做什么？

这时，她赌气想告诉他们说：自己玩去了。可是又一想也难怪他们这样多心，自己年纪还轻，又是被人家赞为很美的，一个人在社会上做事，难免叫人不放心。现在不同有丈夫，或是未嫁，寡妇门前，一般公认为是非多的。所以她道："我现在学日文了，每天下了班学一点日文，所以回来得晚一点儿。"

家里人说："这也好，学一点儿学问总是有用处的。"

三妹道："大姐学好了得教给我呀。"

施蕙英道："好，可是我笨得要命，未必学得好。"说着，弄了晚饭，大家吃了。

灯底下，施蕙英拿出萧涤澄所教的日文来念，又一边默写着，可是心里总是念不下去。虽然口里念着日文，可是心里总是想着萧涤澄的影子。

念了半天，也记不住。她今天快乐极了，因为萧涤澄能够爱了自己，同时家里也能原谅自己回来得晚。她今天老早便睡了觉。

第二天到了学校，也是高兴的。以前还嫌工作无聊，现在她爱上学校，虽然不能老看着萧涤澄，但是心中快乐，快乐自己能够占据萧涤澄心中的一角。

萧涤澄下了课，也没有上楼，因为和施蕙英昨天约好了的，便一直到中南海。他以为施蕙英还没有来，谁知施蕙英早在那里等着。他道："你为什么来得这么早？我怎么没看见你？"

施蕙英道："离下班还欠一刻钟，所以倒先来了。"

萧涤澄笑着坐在她的身边。

施蕙英道："今天怎么这样热，按说暑伏已经过去了。"

萧涤澄道："以后上课都难了。"

施蕙英道："怎么?"

萧涤澄道："这样露天学校，以后天气冷了，我们还怎么上课呢?"

施蕙英笑道："真是的，我们总得想个法子好，老是这样，以后怎么办呢?"

萧涤澄道："最好我们租一间房子。"

施蕙英笑道："租一间房子做什么呀?"

萧涤澄道："喂，你还没给我吻呢。"

施蕙英道："胡说，这里来往人这么多，叫人瞧见，算是什么的呀?"

萧涤澄道："算是上课的。"

施蕙英笑道："还有这样上课? 我问你，你说租房子做什么呀?"

萧涤澄道："昨天的吻快乐吗?"

施蕙英道："讨厌! 我是跟你说这个，我问你租房子做什么?"

萧涤澄道："租个房子，咱们花钱，叫别人住，咱们每天到那里去上课，你以为我说租房子做什么呢?"

施蕙英打了他一下道："怎么这么讨厌!"

萧涤澄道："要不然租个房子，雇个老妈子，给咱们看房。咱们去了，等于回家，又有火又有水，又有人伺候。接吻的时候，把老妈子轰出去，你看好不好?"

施蕙英道："别瞎说了，今天还没上课呢，昨天学的又忘了。"

萧涤澄道："今天把字母全上了吧。"说着，便把字母完全上完了。

萧涤澄把每个字母下都注上中国音，教完了，萧涤澄道："我考一考吧，看你念得对不对。"

施蕙英道："你考吧。"

萧涤澄遂用铅笔写了一个"ウ"字，施蕙英念道："吾。"萧涤澄又在底下写一"ス"字，施蕙英道："似。"萧涤澄又写一个"ニ"字，施蕙英道："尼。"萧涤澄又写一个"チ"字，施蕙英道："妻。"

萧涤澄指着这"ウスニチ"四个字道："把它们连起来念。"

施蕙英念道："吾似尼妻，呀，讨厌，我不念了，你竟不好好教人家，占人家便宜。"

萧涤澄笑道："我是教日文呢，你很聪明，居然全能念下来。"

施蕙英打了他一下道："你还说，占了便宜还说风凉话，多可恶呀。"

萧涤澄道："我们走一走吧。"说着，两个人站起来，沿着海边走着。

施蕙英道："我的弟弟要结婚了，可是又有了难题了。"

萧涤澄道："你弟弟不是结婚了吗？"

施蕙英道："这是我娘家弟弟，他来信跟我要主意，我母亲也叫我给他写信劝他，这真难死人了。"

萧涤澄道："怎么一回事？"

施蕙英道："我弟弟在外边和一个唱大鼓的很要好，那唱大鼓的非要嫁他不可。他先还瞒着家里，后来觉得终究是要告诉家里的，遂写信告诉父母，说和一个鼓姬订了婚。那鼓姬虽然职业低下，可是性情品行都非常好。家里一看这封信，以他和一个唱大鼓的结婚，

150

有辱门风，遂赶紧给他说了一个姑娘，他从前也见过的，写信叫他回来完婚。他见家里给他主婚，他很苦恼，现在也不回来，他并且给我写信，说那个鼓姬如何钟情，如何爱他，叫我向母亲给他说项，退了家里订的。家里呢，给他写信，他总不回来，知道他素来总听我的话，叫我写信给他，劝他还是赶快回来。我现在不是很难吗？"

萧涤澄道："还是听母亲的对，你弟弟和唱大鼓的究竟不能长久。"

施蕙英道："这也不能说，爱情这个东西是没有阶级的。"

萧涤澄道："你不会写信用姐姐的口吻教训他一顿？他应听不听，你可以顺了母亲的意思了吧。"

施蕙英道："我还教训他呢，假如他回信说姐姐那时为什么自由结婚，不听父母的，我可怎么办呢？"

萧涤澄道："要不然我给他去一封信，劝告他一番。"

施蕙英笑道："你也不认识他，你用什么名义写呢？"

萧涤澄道："我用姐夫的名义。"

施蕙英道："呸，我不跟你说了。"

萧涤澄笑了，两个人且说且走，不知不觉地走到万善门。萧涤澄道："我们到景山玩玩去吧。"

施蕙英道："也好，景山我始终没有去过呢。"

萧涤澄道："景山非常清静，那里好极了，有时候半天没有一个游人。"说着，两个人又来到景山。

进到里面，果然清静非常。施蕙英道："这么清静而到这里来，那这里也就不清静了。"说着，两个人转到后面，看到明思宗殉国处。

萧涤澄道："一个大皇帝到那个时候会没有办法，亡国是真

151

惨哪。”

施蕙英道：“将来谁也许有这么一回。”

萧涤澄道：“别瞎说了。”

施蕙英道：“可不是，人家不爱我的时候，我就这样。”

萧涤澄道：“英，我永远爱你，你相信我吧。”

施蕙英道：“我老提心吊胆的。”

萧涤澄道：“你要绝对相信我，我就快乐了，我们到山里去吧。”

两个人上了山坡，羊肠的道路两旁是些树木花草。那草都比人还高，走在里面，和一条狭小的胡同儿似的。

施蕙英道：“这里地方这么清静，怨不得你要来，大概你是常来的。”

萧涤澄道：“这里我倒是不短来，可是永远是一个人。”

施蕙英笑道：“我不信，你一个人来做什么？你一个人决不来。”

萧涤澄道：“真的，我到这里来用功。一个人拿着一本书，或是拿着纸到这里来写小说。”

施蕙英道：“噢，我不相信。”

萧涤澄道：“这里有椅子，坐一坐吧。”

两个人坐在椅子上，四外只听见些鸟声。施蕙英道：“我现在怎么老觉得不安，你能叫我相信吗？”

萧涤澄道：“英，你快乐吧。我可以向你起誓，我永远爱你，一直到你不爱我的时候。”

施蕙英道：“我没有不爱你的，你多大魔力呀。”

萧涤澄道：“英，来，到我怀里来。”

施蕙英道：“这是什么地方，你知道不知道？这是公园。”

萧涤澄道：“知道，我知道这是公园，所以才要抱你吻你。”

施蕙英便给了他一个吻道："你老是这样，这要是叫人家看见……"

萧涤澄道："怕什么？情人不许接吻吗？外国人还公开地接吻呢。"

施蕙英道："那你找外国人去吧，我是中国人。"

萧涤澄道："英，来，坐在我怀里。"

施蕙英站了起来，萧涤澄乘势一拉，把她拉在怀里。

施蕙英道："你尽顾了你，一点不管人家前途。"

萧涤澄道："你说吧，你打算怎样我就怎样，我完全听你的，还不成吗？"

施蕙英低下声音，极娇媚地道："你要我吗？"

萧涤澄道："那是求之不得的，但是你愿意嫁我吗？"

施蕙英道："愿意，可是你愿意要我吗？"

萧涤澄道："我要你，我绝对要你。"

施蕙英道："你光是这样说，你没有一点诚意。"

萧涤澄道："我若没有一点诚意，唉，真是，到这种地步，你为什么还不相信我呢？你不爱我吗？"

施蕙英道："不是，我也说不出来，我老觉得你好像不会爱我。爱我是爱我，可是不会专爱我一个人的。自然，大作家的情感是不会叫一个人抓住的……"

萧涤澄道："你又来这一套，我们谈一谈正经的。"

施蕙英道："你说吧。"

萧涤澄道："你能脱离你的婆家吗？"

施蕙英由萧涤澄的怀里站起，站在他的旁边，手扶着椅子背说道："我什么时候都能出来。"

萧涤澄道："你的孩子呢?"

施蕙英道："为了你,一切都可以牺牲。"

萧涤澄道："好吧,那么你等我的信吧。等我布置妥当了,我再接你。"

施蕙英道："等你多久呢?"

萧涤澄道："不出一个月。"

施蕙英道："眼看着一天比一天冷,咱们什么都没有,我脱离婆家,我的东西完全给他们,一件不拿出来,我先跟你说了,免得临时为难。"

萧涤澄道："你不必顾虑这一层,我都想得到。"

施蕙英道："现在房子非常难找,我们家里多少日子,总找不着合适的。"

萧涤澄道："这都不成问题,若没办法,还可以住公寓。现在公寓住家眷的很多,皆因省事,不要铺保水印儿,什么茶钱公益捐等等,都可以不用,多么省事。"

施蕙英道："不过我老不相信你能要我,你想我们才认识了一个月,我们相爱也不过是一个星期。"

萧涤澄道："我都知道,我所以要你,就因为你的确是我理想中的太太。我的女朋友固然多,但都是友谊的,和她们只是谈谈玩玩,破破寂寞,解解无聊,互相作一个精神的安慰而已,谈不到什么爱的。人们都知道我朋友多,我也知道她们有好多对象,她们不能做我的太太,做我理想中的太太,只有你一个人而已。"

施蕙英笑道："我怎么会是你理想中的太太呢?"

萧涤澄道："第一,你有温柔的性格;第二,你不像一般女生那样浮华;第三,你能够操持家庭的事务。以外的优点还有,不过有这几点，那已经满足我的理想了，何况你又是这般美丽呢!"

施蕙英笑道："又胡说了，我们走吧。"

萧涤澄道："明天我们在哪里见呢?"

施蕙英道："还是南海吧。"

萧涤澄道："万一下雨呢?"

施蕙英道："那临时再说，今天这样热，还许明天真要下雨。"

萧涤澄道："您准知道明天下雨吗?"

施蕙英道："我准知道，噢，你又跟我开玩笑，那是你的事情，你才是王八呢。"

萧涤澄道："我是王八，皆因你……"

施蕙英捂了耳朵道："走，不准说啦。"

萧涤澄笑着一边和她走一边道："真的，明天怎么约会呢? 万一下了雨……"

施蕙英道："若是下雨就休息吧。"

萧涤澄道："明天就不一块儿玩了吗?"

施蕙英道："不，我不能离开你，我不放心你。"

萧涤澄笑道："那怎么办呢? 我有一个方法，你们办公室不是有电话吗? 我在那里打电话，一边打电话一边在电话旁边的小黑板上写字，我写哪儿，咱们哪儿见。"

施蕙英道："那黑板上写字，不好，叫人家看见也不好。"

萧涤澄道："我只写一个字，比方我写一个南字，便是中南海; 写一个市字，便是市场; 写一个光字，便是真光电影院; 写一个山字，便是景山; 写一个北字，便是北海……"

施蕙英道："我记不了那么些。"

萧涤澄道："这样吧，明天临时再定吧，反正也要在门口儿

155

碰见。"

施蕙英道："你走的时候，到我屋里照个面儿，我便知道你在外面等着。"

萧涤澄道："也好。"说着两个人走出来。

萧涤澄道："我们再到市场走一走吧。"

施蕙英道："市场那儿不好，容易碰上熟人，要是碰上学校的，他们又该胡说了。"

萧涤澄道："那么北池子上汽车吧。"两个人便一同走着。

施蕙英道："这儿倒不错，又干净又清洁。"

萧涤澄道："以后我们就天天这儿来玩。"

施蕙英道："天冷了呢？还来玩吗？"

萧涤澄道："天冷了再说天冷的。"

施蕙英道："哼，你就是这样的人，我早就看出来了，玩一会儿是一会儿，根本就没往心里去。"

萧涤澄道："你尽说这种刺人的话，天气和人事是两件事，你老是一样比，那还成吗？"

施蕙英笑道："你瞧你说的话，总是这样得过且过吗？"

萧涤澄道："英，你要相信我，不要胡猜。"说着，到了北池子等汽车。

萧涤澄道："汽车来了。"说着，车便到了眼前。萧涤澄扶了施蕙英上了车，车开了，他才另雇车而去。

第二天，果然下起雨来。萧涤澄穿了雨衣来到学校，看见一个摩登女郎走进办公厅去。那个女孩穿着蓝色的雨衣，上面又打着一把小红伞，显得格外窈窕鲜艳。在雨中一走，潇洒若仙。

他仔细一看，那后影极似施蕙英，他看得呆了，虽然她已经爱

156

着自己，可是像这样动人的姿态，自己都有点把不牢了，她当年少女时代还不知怎样的动人呢？这个影子，始终在他脑海里盘桓。在上课的时候，他还是想着那影子，为之神移。

雨是下个不停，学生来得很少，最后一堂，他早下了十分钟，到休息室穿了雨衣，便走上办公厅。刚一上楼梯，施蕙英却从上面走下来。两个人点头一笑，萧涤澄转身便走，连头也不回。

一气儿走到街上，回头一看，施蕙英在后跟来。他在街上等着，等她来到眼前，便并肩而行。

施蕙英道："离学校太近，别一块儿走吧。"

萧涤澄道："不要紧，下着雨没有人出来。"

施蕙英道："没人出来，那你为什么在街上走呢？"

萧涤澄道："我是为了你啊，你今天更漂亮了。"

施蕙英道："别胡说八道了，倒是上哪儿去？"

萧涤澄道："上北海。"

施蕙英道："下大雨的上北海做什么去呀？叫人说真是疯子。"

萧涤澄道："逛的是雨景嘛。"

这时，恰有个公共汽车来了，两个人便走了上去，一直到北海。

进了北海，雨还是下个不停，并且更紧起来。两个人在雨中走，非常寂静。

施蕙英道："你看，哪里有人？光是我们两个人。"

萧涤澄道："就是我们两个人，不是更好吗？"

施蕙英道："下着雨逛公园，人家一定说咱们是疯子。"

萧涤澄道："越是下雨下雪逛公园才有意思，平常你知下雨时的北海是什么样吗？你不来一趟，知道北海在雨中更有意思吗？你看，那雨浇在树上、海上，就像烟雾一样，那塔淋得多么写意呀，我们上那亭子上去。"说着，他便扶了施蕙英，上了亭子。

登高一望，才看出北京城整个儿地溶在雨丝里，那是多么幽静呀！玉带桥上过往的汽车在雨中驰行，显着资产阶级的享受和科学的权威。

萧涤澄道："物质的快乐，没有精神的快乐多。现在我们俩的快乐，可以骄傲于人类的。下雨的时候，只是这个地方好，这个地方，只有我们两个人，可见我们两人是北京城里最有讲情的人了。"

施蕙英道："这是老王卖瓜，自卖自夸。"两人都笑了。

萧涤澄道："给我吻。"

施蕙英道："叫人看见。"

萧涤澄道："除非雨有眼睛。"说着，抱住她吻起来。

施蕙英推他道："你看，你帽子上的雨水，滴我一脸。"

萧涤澄把帽子摘了道："我把那雨点儿吃到肚里去吧。"说着，狂吻起来。

雨是不住地下，鸟儿都不鸣了，只有他们两个人吻着、抱着。

萧涤澄道："你晚上能出来吗？"

施蕙英道："做什么？"

萧涤澄道："你老问做什么，不做什么，出来跟我玩。"

施蕙英笑道："晚上还玩什么？你夜里也到北海来吗？再讲情也不会这样。"

萧涤澄道："我们找一个清静的地方，好好谈一谈。"

施蕙英道："这儿不是很清静吗？"

萧涤澄道："我们还要畅畅快快地抱着吻着。"施蕙英低下头去了。

萧涤澄道："英，你能出来吗？"

施蕙英道："你不要我。"

萧涤澄道："你又是这句话，我多咱说不要你了？英，你要相信我，妻，我就这样称呼你了。"

施蕙英笑道："我不是你的妻，你有什么证据？"

萧涤澄道："噢，你是跟我要证据吗？好，我一定给你，你放心吧。英，哪天晚上出来玩？"

施蕙英道："除非我们结婚，我晚上出得来吗？"

萧涤澄道："你们房怎么样了，搬不搬呢？"

施蕙英道："他们说先不搬呢，凑合住了，找房找不到合适的，搬家也非常困难。"

萧涤澄道："那你不是很苦恼吗？"

施蕙英道："谁说不是？他们回去便叫我打牌，以为我整天忧愁，一打牌便可以解烦了，谁知越那样我越烦的，你总是不替我打算，尽叫我陪着你玩，你一点忧虑没有，老是这样，算干吗的呀？"

萧涤澄道："英，我们赶紧进行好不好，我想把朋友先聚会到一块儿，我们先订婚，我给你十足的证据，你就不烦了吧？"

施蕙英道："什么证据不证据，我是说你老叫我脱离他们，可是怎么脱离呢？我算是干吗的呢？"

萧涤澄道："你听，我给你说我打算的步骤：我们先请朋友聚到一块儿，正式订婚，我想请李仲武秘书做介绍人，你是他介绍到学校的，我们结合，非请他做介绍人不可。订婚之后，我希望你辞去学校的职务，我租一所房子，把你接了去。"

施蕙英道："由哪儿接呢？"

萧涤澄道："由你婆家。"

施蕙英道："不成，那像什么事？一定要叫人家说笑话，说我们预先恋爱了，那样不好，非得我先脱离他们一两个月不可。可是我脱离了他们，你又不要我了，我……"

萧涤澄道："你怎么老这样胡说？我是那样的人格吗？我……"

施蕙英笑道："你别生气，你瞧瞧，你这一生气，多么好看哪。我跟你说，我最近想回娘家住些日子，如此，我可以晚上出来陪你玩了。"

萧涤澄笑道："英，我们互相相信吧，能够相信，才有快乐。现在雨住了，我们底下走一走好吗？"

施蕙英点了点头，他们一起走了下来。

萧涤澄道："留神道路是滑的，来，靠着我走吧。"

施蕙英便挽了萧涤澄一块儿走。施蕙英道："今天也没有上功课，我看，你也教不下去了，根本你就不是为教。"

萧涤澄笑道："我爱你，我拿教功课来引诱你。"

施蕙英道："现在可到手了。"

萧涤澄道："我太爱你了，今天放假吧，因为下雨，明天再接着上。"

施蕙英笑道："还是因为下雨放假的？"

萧涤澄道："这算是学生放了老师的假，哈哈！"

他们走在道上，树上不时地往下掉水珠儿。

施蕙英道："上回竹村的朋友在家等我很久，我陪着你玩，竟没有见着他。他上天津了，昨天来了一封信。"

萧涤澄道："不要提这些事吧。"

施蕙英道："为什么？"

萧涤澄道："我生气。"

施蕙英笑道："你瞧你这嫉妒，其实人家对我客气极了，你老是

160

瞎胡疑惑。"

萧涤澄道："我倒不是疑惑，我是不愿意听。英，你三弟来信了没有？"

施蕙英道："没有。"

萧涤澄道："婚事怎么解决了？"

施蕙英道："谁知道，喂，我告诉你，我打算明后天回家里来。"

萧涤澄道："噢，那好极了，哪天能够出来？"

施蕙英道："那还不一定，因我不是自由的，即或能够出来，也得编一套词儿，不能随便就出来的。"

萧涤澄道："哪天能够出来，给我打电话，或者临时告诉我也好，反正我们总是天天见面的。"说着，两个人走了出来，又到门外上公共汽车。

萧涤澄道："我们上市场玩玩去吧。"

施蕙英道："上市场哪儿成，尽是熟人。"

萧涤澄道："那怕什么？我们就说是在市场遇见的，难道还不准遇见吗？遇见也犯法律吗？"

施蕙英笑道："你有时候马虎起来比谁都马虎，可是有时仔细、胆小，还不如我，这时你又胆子大。"

萧涤澄笑道："可不是，越是在热闹地方碰见人越不要紧，越是在清静地方，比方刚才在北海，最容易叫人家猜疑，要是在景山遇见朋友，那他简直就相信我们一定是来玩的了。"

他们上了汽车，来到市场，萧涤澄道："今天下雨，上市场的人不多。"

施蕙英道："也不见得，下雨不能上公园，只好上市场，你不信回头准碰上熟人。"

161

他们进到里面，买了点东西。萧涤澄道："你买两条手绢儿好不好？"

施蕙英道："做什么？"

萧涤澄道："送给我呀，我也买两条送给你。"

施蕙英笑道："那不是一样吗？要不你买你的，我买我的好不好？"

萧涤澄道："那就没有意思了，要的就是这样，要不然我给你买两条你再送给我。"

施蕙英便笑起来道："那岂不是更白费吗？"

他们正在观看，迎面来了一个朋友，认识萧涤澄的，便和萧涤澄握手。施蕙英站在旁边，面向着货店。

那人道："嗬，给太太买这些东西吗？"

萧涤澄笑道："是的。"

那个朋友道："请见见大嫂如何？"说着指着施蕙英的背。

萧涤澄这时也说不出什么来，只得道："英。"施蕙英回过头来。

萧涤澄道："我给你见一见，这是我的朋友王先生。"

王先生笑嘻嘻地道："萧大嫂。"

施蕙英脸红了，可是没有否认，随便客气了几句，别了。

施蕙英道："你看你随便就给介绍。"

萧涤澄道："他一死儿地要我介绍，我怎好意思说不给介绍。"

施蕙英道："你不会说是同学吗？"

萧涤澄道："反正，将来你还不是我太太吗？这一来，可见你不想嫁我了。"

施蕙英道："你瞧你，说话老是要挟着人，我并不是说不叫你介绍，就是……我，不跟你说了。"

萧涤澄笑道："得啦得啦，我错啦，你别生气。"说着，两人走出市场，萧涤澄给她雇了一辆洋车回家了。

第二天萧涤澄到学校，因为第一堂没有课，便到楼上看施蕙英。一看，还没有来，心里纳闷，为什么到上班的时候还没有来呢？昨天在雨中着了凉了吗？他很不放心。可是又没处问去，只得无精打采地走去。

到了晚上下班之后，又到楼上来看，一看，施蕙英已经走了。他不觉失望起来，他在那屋里转了一会儿，他想：她为什么不等我一会儿呢？她难道变了卦了吗？不会的，昨天是那样热，今天不会骤然凉的。她，噢，也许在外面等着我。想罢，又赶紧走下楼来，匆匆往外跑。一边跑着一边还想：她也许等我等得不耐烦了，我快点走吧。

到了街上，连个影儿也没有。他便跟着想到一定是在南海等着呢，于是又匆匆到南海。到了那里绕了一大圈子也没有见着，他着急了，他忽然像疯子似的眼直直地望着，忽然又像傻子似的垂头丧气的。他想：一定是她变了，她为什么忽然变了呢？她不是很爱我吗？爱能够一夜的工夫就变得一点儿也没有了吗？也许是我昨天叫她晚上出来，她一定生气了，以为我不会真的爱她，只是在玩弄她。其实，唉，自然不怨她这样疑心我，她不明了我是怎样地爱她，我是怎样热烈地想抱她。唉，完了，但是她不应该连句话也不对我讲，疑心我，也得问我才对，倒容我解释一下啊。为什么这样的决裂呢？难道她另有了情人？她不爱我了？她不爱我，自然不会听我解释的。

他翻来覆去地想，越想越伤心，结果颓然回家，一夜也未安眠。他自己解脱自己，叫自己不要这样痴情，想开了是一场空，什么都是空的。虽然他是这样想，可是心里终究安不下去。他想第二天起，

163

决不再到楼上见她，她不爱我，我还有自尊心呢。

但是第二天，他仍是不能自已地来到楼上，他想看看施蕙英究竟对于他是什么神气。

及至他到了楼上见了施蕙英，施蕙英却向他笑了。屋里只有一个老头子在低头工作，他知道施蕙英没有变，心里放下，便低声说道："南海，下班。"

施蕙英点了点头，向他一笑，他又高兴了。他想：早知她没有变，何必昨天一夜不安眠呢？真是傻瓜。自己又笑了，又想：回头非气她一回不可。他高兴地离了她。

到了下班，老早就到南海之滨，等着施蕙英。等了一会儿，施蕙英从那边姗姗而来了。他假装没看见她，仍是低着头看书上。

施蕙英以为他真没有看见，绕到他的身后，拾起一片树叶子，在他的脖子上划了一下。她以为萧涤澄一定要吓一跳，谁知萧涤澄连动也不动。她又在他脖子上划了一下，萧涤澄道："早知道你来了。"

施蕙英道："讨厌，知道我来了为什么不理我？我还以为你不知道，跟你开玩笑，真煞风景。讨厌，我却弄巧成拙了。"说着，坐在萧涤澄的旁边。

萧涤澄仍是不理她，只是看书。其实看书自然是看不下去，只是装着样子而已。

施蕙英道："你瞧你。"说着便去推他。

萧涤澄要笑没笑出来，仍是不理。施蕙英便用手把他的书给遮上，萧涤澄便仰起头来，向着天空叹了一口气。

施蕙英道："哟，怎么了，这种神气。"

萧涤澄道："唉，昨天一夜没有眠。"

施蕙英道："为什么不睡觉?"

萧涤澄道："唉，昨天差一点儿失恋，人家不理我了，连告诉我一声儿都没有，便很早地走了，同着前情人一块儿玩去了。"

施蕙英知道是指着昨天的事说的，便道："我告诉你，昨天是竹村的周年，先是买纸，买完纸又送到家去，才又到学校来，所以晚了。下了班，我二弟等着我，一同到坟上去烧纸，我知道你一定到楼上来的，可是你始终没来。我给你留条儿也不好留，我想你一定生气，其实怨我昨天没有告诉你，不是你不叫我说竹村的事吗?"

萧涤澄道："这一来倒是我的不是了，你知道我昨天是怎么痛苦吗?"

施蕙英道："给你赔不是还不成吗? 随便你罚我吧。"

萧涤澄道："叫我一声，说'哥哥别生气了'。"

施蕙英道："你教我说的话，也不算香啊。"

萧涤澄道："虽然不香，但总比不叫强。"

施蕙英遂低声道："别生气了，哥哥。"

萧涤澄欢喜了。

施蕙英道："功课又耽误两三天了，真是，三天打鱼，两天晒网。人家一问我，我说没学，可是回家还是那么晚。"

萧涤澄道："你不会说这两天上着别的功课。"

施蕙英道："什么功课呢?"

萧涤澄道："接吻学。"

施蕙英笑道："去那一边儿去。"

萧涤澄笑道："明天我真立个学校，叫作接吻学校，我做校长兼教员，学生完全要女生，除了讲授之外，还实地演习。"

施蕙英道："哼，那你就忙不过来了。"

两个人说笑了一会儿。萧涤澄道："我们到北海去吧。"

施蕙英道："这儿待着好好的，又到北海做什么？不是一样吗？北海容易碰上熟人。"

萧涤澄道："北海我们可以坐在茶座那面，我可以抱你一会儿。"

施蕙英道："老实点吧。"

萧涤澄央求道："走吧。"

施蕙英道："不，你总是不老实。"

萧涤澄道："这是我爱你的表现，我越爱你，我才越想抱着你吻你，我要是对你有一点虚伪、敷衍，我决不会这样热烈地想抱着你。"

施蕙英皱眉头道："我不是不想同你那样，不过理智也应当勉强一点，不可完全没有理智，现在的社会，还不是那种社会呢。"

萧涤澄道："你知道我是怎样地抑制我的热情，要不然我在人家面前我就要抱着你吻你了。英，走吧。"

施蕙英道："不见你是想你，见了你又真怕你这样热得过火，我也知道你是热烈地爱我，但是我们眼光要放远些，我们要受将来永久的快乐，不要图这一时的快乐。"

萧涤澄道："固然这说法很有道理，可是我们能够享受一时快乐，为什么忍痛放过去呢？比方，因为接个吻而有杀身之罪，那也可以忍住。可是，这于我们将来的幸福毫无障碍，为什么不享受呢？如果你对于我没有爱，那就算了。"

施蕙英道："你瞧，你又是这样说，人家一不从你，你就说人家不爱你了。好，走吧。"

萧涤澄笑了，两个人便一边走一边说，到了北海，找了一个茶社，坐在单间里，要了茶、瓜子之类。伙计出去了，萧涤澄便把施蕙英抱在怀里。

施蕙英道："老实点。"

萧涤澄道："我想我们最近就结婚，在一个礼拜之内，我先通知我的朋友们。"

施蕙英道："你光是嘴说。"

萧涤澄道："你不相信我吗？我给证据怎么样？明天我给你一个戒指。"

施蕙英道："呸，戒指我往哪儿戴呢？"

萧涤澄道："那么我们回头买婚书去好不？"

施蕙英道："一切手续，介绍人啦等等的都没有，先买什么婚书？"

萧涤澄道："这又难了，倒叫我怎么办呢？莫非你一定要我的血淋淋的心吗？"

施蕙英道："别胡说了。"

萧涤澄道："要不然我先请好了介绍人等等，在这一个星期内我们先订婚，这成了吧。"施蕙英点了点头。

萧涤澄道："妻，我希望明天晚上你能够出来。"

施蕙英道："出来做什么？"

萧涤澄道："晚上玩也很有意思，我家里没有什么人，他们都上天津去了。"

施蕙英道："不，我不到你家去，尤其晚上。"

萧涤澄道："明天就是我一个人，剩下是老妈子，她们都知道我的学生们时常找我问功课，在晚上的特别多，因为只晚上她们才有工夫。假如你去了，愿意叫她们知道你是将来的主妇，或可以叫她们特别见见你。如果你不愿意的话，就说是我的学生也没有关系，本来你也是跟我学过的，哈哈。"

施蕙英道："假如遇见你的学生或朋友怎么办？"

萧涤澄道："还是那句话，你愿意见，我就给你介绍，不愿意见，我叫老妈子告诉他不在家，岂不很好？"

这时窗外有脚步的声音，施蕙英忙站了起来道："可有一样，必须老实我才去，不然……"

萧涤澄道："当然老实。"

施蕙英道："今天允许我早回去吧？"

萧涤澄道："可以，明天必须去。"说着叫了伙计付钱，施蕙英回去了。

临去，她对萧涤澄说："可是明天下午不能玩了，叫我早回去。"

萧涤澄道："好，好。"

第二天，萧涤澄很晚地起来，为是晚间好有愉快的精神和她谈。他把屋里收拾得很干净，洒了许多的香水。

到学校上课，心里总是想着今晚的畅会，他本想不到楼上去，但又不由自主地上了楼来。

见到施蕙英，两个人脉脉含情，谁也没有说什么，反而倒比以前疏远了似的。所以许多人都不知道他们的事，并且连疑惑也疑惑不到的。

到了晚上，萧涤澄买了些糖果之类的东西，静静地等着。这次他感觉到在家里等情人和在公园里等情人一样着急，他想看书也看不下去。

电铃响起来，老妈子出去了，他想到老妈子拿进来的是施蕙英的片子，但是拿进来的是一封信。第二次铃响，老妈子半天没进来，萧涤澄叫道："王妈，谁按铃？"

王妈道："大司务回来了。"

萧涤澄失望了，而越发着急。

第三次铃响，萧涤澄连理也不理，想决不会这时候来的。而老妈子偏偏拿进施蕙英的片子。萧涤澄一看，欢喜不尽，忙让了进来，叫老妈子沏茶，打发出去。

萧涤澄把施蕙英抱在怀里道："我等你等得真着急。"

施蕙英道："你瞧，来了不容人家坐一坐就闹。我昨天说什么来着，你再这样我就走了。"

萧涤澄道："这不是一样坐着吗？"

施蕙英道："先叫我喝碗茶，今天怎么怪热的，我都出汗了。"

萧涤澄站起来，给她倒了一碗茶，说道："如果热的话，可以把大衫脱了。"

施蕙英道："不，一会儿就好了。"

萧涤澄道："要不然先洗个澡，叫老妈子打热水。"说着，便叫老妈子打了热水。

萧涤澄道："浴室预备妥了，你去洗吧，我们再慢慢地谈多好。"说着便给她解纽扣。

纽扣儿松了，酥胸露了出来。萧涤澄道："呀，你的乳房为什么这样，真像个处女的乳峰，一点不像生过小孩子的呀。"

施蕙英忙用手推他，但是，哪里推得开，何况她并不是完全想推开他呀。啊！天仙，赤裸裸的天仙，他看得呆了。他爱她、敬她，这种伟大的纯洁的爱呀，他没有一点猥亵的心，他把她抱在怀里了。

庭院很是寂静，虽然不时有铃响了，但全被聪明的老妈子应付回去，萧涤澄得以很安静地和施蕙英在床上谈着话。

萧涤澄道："我应当怎样地感激你呢？"

施蕙英道："我也很爱你。"

萧涤澄道："明天我想找李仲武去，把我们的事公开对他说了，我想他不致破坏的。假如临时告诉他，他倒许不满意的。"

施蕙英道："最好还是先不告诉他，任何人也不必告诉好一点儿，现在的人，总是不纯正的多，都是成事不足，坏事有余的，不如我们完全办好，我们结了婚，然后再声张。要不然，他们非破坏不可，我又不同别的女人，人一成了寡妇，那简直比当犯人还不自由。社会的情形，你是晓得的，与其告诉他们，闹得我们不能团圆，而且妨害了名誉，倒不如秘密的好。"

萧涤澄道："我们依照法律走，谁破坏我们，或是妨害我们的名誉，我们就跟他依法起诉。"

施蕙英道："那也不好，究竟我们的名誉也露出去了。"

萧涤澄道："不要紧，我们拿朋友的感情来向他们说，他们自有帮忙，没有破坏的。"

施蕙英道："如果觉得这样办好，你就这样办，依着我的意思我是不愿意这样办，还是先秘密后公开的好，因为我们的环境和一般人不同啊。"

萧涤澄道："妻，你不要多虑吧，我想朋友不会有错，你不知道我的朋友对我是怎样的。"

施蕙英道："反正我不管，你的事你自己去做，我是没问题的，我现在已经决定牺牲一切。"

萧涤澄道："我应当怎样地爱你才能报答你的爱于万一呢？"说着，又紧紧地把她抱在怀里。

两个人叙着情话，这时的快乐，什么也不能换的。

施蕙英看见墙上挂的钟说道："快十二点了，我该回去了。"

萧涤澄道："你不回去可以吗？"

施蕙英道："胡说，越说越邪，我不回去哪里成？我母亲若是问我为什么一夜没回来，我说什么呢？"

萧涤澄笑道："就说住在萧先生家里了。"

施蕙英打了他一下，打在他的肩背，发生清脆的响。她赧然道："讨厌。"

萧涤澄笑了。他道："这时回去太晚了。"

施蕙英道："我今天回到母亲家里去了，要不然怎么能够出得来呢。我把小孩子打发睡了，我说学校还有点事没办完，因为明天就要，所以晚上还得去一趟，这样才出来的。母亲还说：'挣这几个钱，多不容易，别再累坏了，老是这样累就不必干了。'"

萧涤澄笑道："你不会说，虽然很累，可是也很快乐。"

她又要打他，可是怕有声音，只变为拧了一下。这一拧，萧涤澄笑了起来。

施蕙英道："你瞧，叫老妈子听见，多不好。"

萧涤澄道："我们坦白的，怕什么。"

施蕙英道："我活了这么大也没在外边住过一夜。"

萧涤澄道："可是住过一夜。"

施蕙英一听，把他推开，爬起来要走。萧涤澄连忙抱住她道："妻，我是说笑话，我是故意气着你，我看你生气的样子很好看，我爱看。妻，你瞧你嘴噘得这样好看，别生气了，笑一个吧，要不然，打我一下，或是拧我一下。"

施蕙英果然笑了，她道："我该回去了。"

萧涤澄道："叫我一声'夫，让妻回去'，我就叫你走。"

施蕙英低声说了一遍，这才起来，穿好了衣服。

萧涤澄道："我再送你一程，一直送到你门口儿。"

施蕙英道："不要着凉呀。"

萧涤澄道："不要紧。"说着两个人一起走出来。

萧涤澄道："我送你一程。"

两个人走出门来，夜里很静，街上一辆车也没有。两个人一边走着一边谈着话。

萧涤澄把一只臂抱着施蕙英的肩说道："你这时候回家，家里不等着你吗？"

施蕙英道："他们睡他们的。"

萧涤澄道："你母亲不会说你吗？"

施蕙英道："我同母亲说了，她知道的，不会说我。"

萧涤澄道："假如你母亲知道你同我恋爱，她不会生气吗？"

施蕙英道："有了头一次的影响，这一次同你，恐怕也未必完全同意，不过她也是不再管我了。"

萧涤澄道："不管你不是更好了吗？"

施蕙英道："这次虽然有我个人自由，但是总还得她同意好一点，因为究竟是我的母亲呀。"

萧涤澄道："不说不成吗？"

施蕙英摇头道："不成，再嫁必须从我母亲这儿出来，我不能由婆家直接跟了你，那成了什么话？"

萧涤澄道："你还是旧思想下的女子。"

施蕙英道："你又这样说，你不知道现在社会是什么社会，我跟你一块儿走，我都提着心吊着胆。"

萧涤澄道："这样一说，完全无望了？"

施蕙英道："也不，我若是跟母亲好好说了，她一定可以允许，我二妹已经知道一点儿了，因为以前她不是要学日文吗？我跟她提来着，我告诉你，我母亲最喜欢人家捧她，你将来见着她，一顺着她的意思去说话，她一定喜欢。先竹村就是不爱说话，我母亲老说他人架子大。你见着她，千万别拿出大教授的派头儿就好了。"

他们说笑着，不知不觉地到了施蕙英家。施蕙英道："你回去吧，我自己叫门。"

萧涤澄便吻了她一下。她按了铃，里面走出人，萧涤澄才匆匆走了。

施蕙英进到家里，二妹迎出来道："姐姐怎么这么早就回来了？你不是说学校事情忙，得两点钟才能回来吗？"

施蕙英脸红了道："事情完了，我就赶快回来了，我怕你等着我，妈睡了吗？"

二妹道："睡了。"

两个人走进屋里。老妈子道："姑奶奶还用点心什么的不用？"

施蕙英道："不用，你睡你的去吧。"老妈子去了。

施蕙英道："咱们也睡吧，你也困了。"

二妹道："我倒不困，你累了吧？"

她们姐俩便睡在一张床上，两个人躺着又说起话来。夜里很静，两个人低声谈着知心话儿。

二妹说："姐姐大概有了对象。"

施蕙英道："你怎么知道？"

二妹道："往常姐姐总是愁容满面，这几天却变得另一个人了，尤其是今天，这样高兴。以前什么都不愿意做，近来忽然高兴做这个做那个的了。"

施蕙英笑道："高兴还不好吗？你们每天总说我不高兴，现在我

173

高兴了，你们……"

二妹道："高兴多好呀，我就盼望姐姐高兴，姐姐近来在学校，一定有了得意的对象了。"

施蕙英道："我告诉你，你可别先对妈说去，我想我慢慢跟她提，突然说了，她一定很不乐意。"

二妹道："没关系，我替姐姐说去，我们谁也不愿意叫姐姐过这样灰色生活，都希望你得一个如意姐夫。姐姐告诉我，是谁呢？"

施蕙英道："我一提你也知道的，就是萧涤澄。"

二妹道："噢，萧涤澄。他还教过我们学校，我们那班没有教过，可是我听说过他的学问很好哪。"

施蕙英道："好极了，他爱了我。"

二妹道："他吗？如果他真的爱你，那倒是姐姐的福气。不过……"

施蕙英道："我告诉你，他对我太好了，太忠实了，我跟你一说，你就知道他对我是怎样的热烈。他的女友很多，可是对我身上，再没有那样热烈的了。尤其是他的嫉妒，假如我要同别人说一句话，他都不乐意，他非得要每天同我一块儿玩不可，好像他限制我自由，但我相信他这是爱我。"

二妹笑道："他抱过姐姐吗？"

施蕙英道："没跟你说这个。"说着，把被子一蒙脸。

二妹笑道："姐姐，你瞧，我给你唱一个歌儿。"

施蕙英把脸露了出来，说道："黑天半夜唱什么歌儿？"

二妹道："我小声唱，唱一个特别快车，好不好？"

施蕙英又把头蒙上道："好好睡觉，别说了。"

二妹不听，却伏在她的耳旁唱道："盛会绮筵开，宾客齐

174

来……"

施蕙英挤她道:"快睡快睡。"说着又用手去搔她,这一搔二妹笑了起来。

母亲醒了,咳嗽了一声,叫道:"婉,你姐姐回来没有?"

二妹道:"回来了,早回来了,都睡了一觉了。"

母亲也没有言语,她们只得悄悄地睡去。

第二天施蕙英仍到学校去,见了萧涤澄,反而更加疏远了似的。两个人默念在心里,别人一点儿看不出来。其实,他们很可以大胆地公开恋爱了,但是社会的程度还是不齐,人们的心究是不坦白的多。

萧涤澄到楼上时见大家正包围着施蕙英谈笑着,他很生气。下了班,老早地到南海公园等着。

一会儿施蕙英来了,见了萧涤澄那种生气的样子,不由笑道:"我知道你在生气,你瞧瞧,气得这个样儿。"

萧涤澄道:"你怎么知道我生气?"

施蕙英道:"他们胡说八道的时候,你还听见,所以我知你很生气。"

萧涤澄冷笑道:"你还说呢。"

施蕙英道:"你瞧,我还直生气呢。我怕你生气,我才这样。他们胡说八道,又不是直接对我说的,我怎好意思翻脸,人家又没有说我名字,我为什么自己找骂呢?"

萧涤澄道:"事实摆在那里,难道必得叫你的名字吗?"

施蕙英道:"你瞧你,你不管人家处境是怎么困难,明天我辞职,我不去还不成吗?"

萧涤澄又安慰她道:"妻,是我一时生气才这样说,可是你知道

175

我这是如何地爱你呀。"

施蕙英道："我知道，我明天不去还不好吗？我正不想做了。"

萧涤澄道："不，还是去吧，暂行敷衍，等我们办妥了再不去的好。不然突然不去，容易启人疑窦，他们一破坏，就糟了。昨天回去，母亲没有说什么吗?"

施蕙英道："没有，我已经对二妹说了。今天早晨我大概跟母亲提了提，母亲倒是赞成我离开婆家，不过她再三嘱咐我说要多留心，萧涤澄那人听说很不错，可是实际没有见过，总是谨慎好一点。事情是你个人做，我不管了，母亲这样说的。"

萧涤澄道："这样说那就好办，我希望有机会同你母亲谈一谈。"

施蕙英道："我也这样想。"

他们正说着，猛听背后一声咳嗽，他们回头一看，不由一怔。

要知来者是谁，且看下章。

第三章 突 变

　　萧涤澄和施蕙英正在谈话，猛听得后面一声咳嗽，他们急向后面一看，一个人走过去了。萧涤澄不认识是谁。

　　施蕙英道："这个人我看着很眼熟，我虽然没看见前脸儿，可是看后影儿很像，并且他这声咳嗽也奇怪，一定认识我的。"

　　萧涤澄道："你看着像谁呢?"

　　施蕙英道："像我母亲的一个内侄，一定是他。"

　　萧涤澄道："你干吗跟我绕着弯说话，你就说是你表哥不完了吗?"

　　施蕙英道："你瞧，我一时便想起来，我就见过他一次面，并且也没有说话，我倒忘了，我应当称呼他什么了。他回去，必定跟我母亲说的。"

　　萧涤澄道："不一定这么爱管闲事吧?"

　　施蕙英道："哼，不但管，并且没有好的，你看着吧，他不一定说我什么呢。"

　　萧涤澄道："不管他，我们进行我们的。"

　　施蕙英道："我们回去吧，假如他这时候到我家里去，多不合适呀。"

萧涤澄道："那么，回去也好，明天我们还在这儿见，有什么消息明天再告诉我，最好今天你先同你母亲说了，先抢一步，好得多。"

　　施蕙英道："对了，我也觉得这样好。"说着，两个人全走出来。

　　萧涤澄道："假如有什么不好的消息，明天我到你办公室去的时候，你对我表示一下。"

　　施蕙英道："怎么表示呢?"

　　萧涤澄道："如果是好消息，你对我笑一笑；如果是坏消息，你对皱一皱眉，我就知道了，我想不会坏的。"

　　施蕙英笑道："哼，也不一定，就怕有人使坏。我刚才说的那个人，他就是恨我的一个，因为从前，向母亲提亲的就有他。"

　　萧涤澄道："一时的恨，不会永远记得的，人心总是肉长的。"说着，两个人别了。

　　施蕙英回到家里，一看表哥没有来，心里放下了。

　　二妹一见了她，便唱起特别快车来。

　　施蕙英问道："表哥来了没有?"

　　二妹道："没有，你怎么想起问他? 他那人还值得理吗?"

　　施蕙英道："不是，我方才同萧涤澄在南海玩，听见后边有人咳嗽，我回头一看，看见他的后影，我认识他的，我想他一定来告诉母亲。"

　　二妹道："没有来，他说也不怕，有我呢，我今天跟妈把你的事和她说了，她说：'这孩子又讲什么恋爱，现在外边没有什么好人。'我又对妈说萧涤澄怎么有学问，怎么人格好，妈就没有言语。妈倒是同情你再嫁，不必守着了。回头你自己再同妈说一声去，妈一定欢喜的。"

施蕙英喜道："晚上再说吧。"

吃过了晚饭，施蕙英见母亲不出门了，遂慢慢提着家事。她说到现在生活如何苦闷，如何没有生趣，她还没转到本题上来，她母亲便说了："你二妹说你最近有个朋友，我跟你说，要是嫁就一切办妥了再嫁，别这么马马虎虎的。你是个寡妇，不同姑娘人家，出嫁倒没有什么，要是交朋友满世间走，可叫人家笑话，你听见没有？"

施蕙英一听母亲同意她改嫁，不由高兴了。她道："是呀，我本要同母亲说的，我也是这个意思，本来我不想再嫁了，但是见了他，不由就死灰复燃起来。妈，那萧先生太好了，他真爱我，我们两个人打算在最近就要结婚，我先得妈的同意。"

她母亲笑道："得我同意？说得这样好听，要早如此，还不致这样呢。"

施蕙英道："我跟您说，这个萧先生，您一见准得喜欢，他又有学问，又有感情。"

母亲道："有什么我都不问，我问你，他有钱没有？"

施蕙英一听，又难住了。她想：母亲老是问有钱没钱。她道："有钱没钱有什么相干呢？"

她母亲道："我老怕你受罪，你这几年还没受够吗？"

施蕙英道："我自是精神上安慰就得，有钱也没用。嫁一个有钱的，他一点感情也没有，不是等于受罪吗？"

母亲道："我是说了的，这回我完全不管你，随你自由。"

施蕙英以为母亲不反对自己出嫁就得，别的不问，她很高兴地对二妹说，萧涤澄如何好，如何爱她。她虽是对二妹说，其实是给母亲听的。

她母亲听了，似乎也很欢喜。二妹最喜欢听她与萧涤澄的事，她不说了，二妹便问长问短，有时施蕙英都有点不好意思起来。

她们两个人回到自己屋里，仍是谈这个问题。二妹道："姐姐，你们两个人都怎么好，跟我说一说。"

施蕙英道："我不是都跟你说了吗？"

二妹道："你昨天夜里是不是上他家里去了？"

施蕙英点了头道："你问这个做什么？我这两天眼睛直疼。"说着，掏出一瓶眼药来，又说："这还是他给我买的。"

二妹笑道："人家对你这样关心，你还不多上一点儿？"

施蕙英道："那也不能完全倒在眼睛上头啊。"两人全笑了。

第二天，施蕙英高兴地又到学校，她对母亲说："妈，我上学校。"

她母亲说："早点回来，别又去半夜。结了婚有工夫玩着呢。"

施蕙英笑道："我回来吃晚饭。"说着便往外走。

二妹道："姐姐，今天再带一瓶眼药来。"施蕙英笑着跑出去了。

到了学校，便忙着办公，她为是早些办完，早些和萧涤澄玩去。

她来了不久，萧涤澄便来了，施蕙英向他一笑，萧涤澄知道是好消息，便也笑了。

萧涤澄道："施小姐，这里有篇讲义，您给看一看？"

施蕙英道："是的，交给我吧，萧先生。"

萧涤澄又见别人出去了，他低声问道："怎么样了？"

施蕙英笑道："我母亲完全同意了，不过她叫我们早些结婚，你倒是预备得怎么样了？"

萧涤澄道："回头咱们在南海再细谈吧。"

施蕙英道："好吧，早些去。"

这时有人来了，萧涤澄便走了出去。施蕙英便忙整理文件，正

180

在忙得不可开交，忽电话铃响了，听差接了之后，对她说道："施先生，您电话。"

施蕙英一听，不由一怔，以为是萧涤澄在外边打进电话来，连忙跑去接。接过一问，才知道是母亲打来的。

她母亲道："你回来一趟，就回来。"

施蕙英道："我现在还有事，正在忙着呢。"其实多忙也可以回家，她是为和萧涤澄聚会呀。

她母亲说："不成，立刻就回来，不管忙不忙。"

施蕙英一听这口气非常急，于是又说："事情没完怎么办呢？没办完就回去，学校就退职了。"她以为这样吓她母亲，便可以允许她晚回去的。

不料那边更强硬，她母亲道："回来事情不干了，不听我的话，永远别见我。"说着把电话挂上。

施蕙英惊得呆了，不知为了什么缘故，自己坐在椅子上，愣了半天，她想等萧涤澄来了告诉他，可是萧涤澄在上着课。这时回去，萧涤澄怎么办呢？可是不回去，母亲又生气了，这时就怕她生气。她若生气，婚事更不成功了。还是回去看看什么事再说，万一有要紧的事呢。和萧涤澄聚会明天不是也可以吗？也许回到家没什么事再出来。萧涤澄不会疑惑自己的，我们都到了这样程度，我对他这样的牺牲，他还不相信我吗？他回头上楼来，一看我不在这儿，他一定知道家里有要紧事打电话叫回去了。即或他太多心，可是明天见了面，一同他说，也就完了。她想罢，便立刻收拾妥当，匆匆下楼，回家去了。

在途中，仍不断地提心吊胆，她不晓得到底是什么事。到了家里，一进门便知道不好，她看见表哥的母亲，即是她的舅母来了，她母亲很生气的样子。

她走进来，先向舅母行了礼，然后问母亲什么事。

她母亲生气道："学校不用去了，辞退了吧。"

施蕙英道："辞退就辞退了，我还真不想干呢。"

她母亲道："好，你就胡干吧。"

施蕙英惊讶道："怎么了，妈？"

母亲道："怎么了？那个姓萧的不是好人，你为什么要嫁他？"

施蕙英道："谁说他不是好人？"

母亲道："我这里还没说完呢，你问问你舅母，你表哥见你们多少次，在南海，在电影院，在旅馆，你就跟人家胡跑，什么地方都去了。好，你算是把施家的门风败坏透了。你给施家门丢人，你还要怎么样做呀？我从此不再认你了，你由此就别上我这门上来，我不认你是我女儿，你也没有这么一个妈妈。"她母亲气得颜色都变了，坐在一边，也不言语。

施蕙英又气又恨又羞又急，浑身直发颤。二妹在一边看着，怕母亲和姐姐身体气坏，连忙过来说道："妈别生气了，我姐姐她不是糊涂人，不致这样。姐姐，你到底跟那萧涤澄到什么程度？你对他认识清楚了吗？"

施蕙英道："我认识他很清楚，我觉得一个学校里，只有他一个人能够娶我，我爱他，他也爱我，我佩服他有学问，人格高尚。"

母亲道："什么？人格高尚？你表哥说他有八个太太。"

施蕙英道："没有的话，我整天同他在一起，我们认识了两个多月，我就没听说他有八个太太。并且按他所入的，养不起一个太太的。"

舅母在旁说话了："姑娘，你是聪明人，父母这样，也是为你好，是不是？我跟你说，出嫁没有拦你，不过谁都希望你嫁一个有钱的人，其实别人也粘不着什么，这不是都为你好吗？听说那姓萧的是个穷光蛋，家里的摆饰都跟人家借的，你想嫁给他，你能有福可享吗？"

施蕙英道："我知道他没钱，可是他爱我，他能够娶我。"

舅母："孩子，你没在社会里待过，你不知道现在的人心，坏到极点，当着面把你哄得甜哥蜜姐，他要是娶了你，你再看，不用说娶你，骗你一次之后，他就甩手不理了。你以为他真心爱你吗？傻孩子。"

施蕙英听了这些话，又气又痛心，舅母那样地侮辱萧涤澄，假如这时再要辩驳，母亲必定更生气了。她有苦无处诉，举目一看，没有一个同情自己的。她哭了，她一直到屋伏在床上哭。

二妹跑进来劝道："姐姐，把心放宽一点，这有什么，何必单嫁他一个人，像姐姐这样好看，找个什么人没有呢？有钱的多得很，萧涤澄我看虽然有学问，可是也发展不起来，姐姐何必一死儿地要嫁他？"

施蕙英哭道："怎么你也不同情我？"

二妹忙道："姐姐，我是怕你太悲哀了，所以这样给你宽心，你这时可别急坏了身体，你要嫁他，也没有什么关系，别忙，等母亲把这气顺过去，你再慢慢央告，也可以听你的。舅母听表哥的话，表哥是胡说，母亲也不能听他的，等着母亲的气稍微消了一些，咱们再一起向她说去。"

施蕙英想到萧涤澄这时不知怎样难过、着急，她越想越伤心，于是更哭个不停。从此便倒在床上，病了一场。

这时咱们且翻回来说萧涤澄。萧涤澄那天见施蕙英向他笑，知道消息不错，他也十分欢喜。他们约的是中南海相会，到了下班时候，他便先去到中南海去等。

等得工夫很大，还不见施蕙英来，他很着急而且纳闷。他想：许是她很忙，今天也许校长交下什么事件来？那么再等一等她。想罢仍在那里等着。

又等了一会儿，看看手表，已经过了一个半钟头了，他想她不会来了，要不然她不能不知道我着急的。也许她变了？真怪呀，变得这样快，方才还向我笑。不，一定有缘故，她不会对我变的。也许她仍在工作，我回去看看去。想罢便连忙走出来，雇了车回到学校。

一路上他还注意看路上行人，或是电车上或是洋车上，都一一仔细看看有没有施蕙英。进到学校就往办公厅走，他也不避讳那些，一直上楼，楼上非常清静，他急忙走进文书室，以为可以看见施蕙英正在忙着办公，而且现着焦急的样子。

谁知他进去一看，一个人也没有了，不觉呆在那里。看了看施蕙英的桌上，什么也没有了。他怅然地走出来，一边回家一边想着：她变了，绝对变了！有什么要紧事？不会的，一定是别人约她玩去，她去了。女人是靠不住的，到现在我才相信。可是，施蕙英又不像那样负情的人，她是那样温厚、体贴，也许她有要紧的事，上一次不是她因为有事走了，我还疑惑她半天吗？今天也许还跟上次一样。但也不一定，也许连上一次都是假的也未可知。

他生气了，他决定明天见了她，非大大地气她一回不可。他又笑了，男子太辣了，女人总是弱者，我若是有事随便走了便可以的，她若是有事失了约会，我就气她骂她，太不对了。她为我牺牲很大，即或偶尔同别人玩玩，也没有关系，她不能负我的。他略微宽想一

184

些，但转瞬又苦恼起来，究竟她负我，叫我着急，她完全不替我想，不惦念我的。她要知道我这样着急，她明天非给我一百个吻不可。无论如何，明天一见她，便水落石出，完全分晓了，等着明天见吧。

可是这明天真不好来，越盼越不来，越觉得度日如年。过了半天，看看表，才过了五分钟。平常不知不觉天就黑了，今天的太阳总是在那里不下去。

他盼着吃晚饭，吃完晚饭一睡觉，不是就过去了吗？就到明天了吗？可是晚饭开来，他又吃不下去。好容易盼到夜里睡觉，可是偏又睡不着，翻来覆去只是想。想施蕙英究竟是对他变了，还是还爱他。自是爱他，那么一年不见，也没有关系。他把以前的事从头到尾想了一遍，施蕙英对他的一言一语，思索再三，推测话里有无别的意思。又按照当时的情形，逐一加以琢磨。他所得结果是两样参半，又像真的爱他，又像是假话。

他这一夜光想了这事。第二天起来，精神还是那样兴奋。可是这种兴奋不是高兴的，而是一种刺激后的反抗。

他一清早便跑到学校，到了办公厅，非常清静，他进到文书室，施蕙英还没来，只有一个老头子在办公。

他假装找什么稿子似的，顺便问道："老先生，施小姐还没有来吗？"

老头子道："没有。"

萧涤澄纳闷极了，真不知是怎么一回事。他恨不能立刻见到施蕙英，即或施蕙英当面对他说一句我不爱你了，他也就放了心。这样糊里糊涂，真叫人难过。

他等着，等了两个钟头也不见来。他上课也是无精打采的，仿佛没有施蕙英，他就觉得干什么都无味了。

185

到了中午下班，仍是没有施蕙英的消息。他想：她为了不爱我，连事都不做了吗？病了吗？可是昨天还好好的，并且她也应当告病假呀？怎么就没有消息呢？和谁打听，谁也不知道，真糟。

午饭他也吃不下去了。下午上课，更是不消停，他总疑惑施蕙英这时候也许来了，而且在办公室里办公。下课急忙跑到办公厅，到了那里一看，有几个人正在看一张布告，他便挤过去看，只见上面写着"施蕙英因事辞职，遗缺命王镇芳递补"。他一看，几乎晕倒在那里。

他跑回家里，努力思索施蕙英辞职的原因，他想到：她能够为了不爱我而把事情辞掉吗？噢，想起来了，她一定在别处又有了好事，她不是向我说过，她丈夫一个朋友，不是常给她写信，不但说给她找事，而且说在一处做事吗？一定是那个人把她找去了。自然，他们为可以在一起，事情又比这里好，她又有她丈夫的朋友，家里全都放心。没问题，一定是这样。

他猜着了原因，他笑了。可是跟着便悲哀起来，他难过，他愤怒，他倒在床上了。

这一夜又没有睡，第二天便起不来了，浑身发烧，精神昏昏沉沉的，似在睡又似醒着。他到了学校，学校换了人，换的这位新校长就是竹村的朋友，施蕙英仍在里面办公，她见了他仿佛不大好意思的神气，他完全明白了，也不再理她。可是气满胸膛，再也忍耐不下去。他找到新校长，新校长似乎对他有讥嘲的神气，他也不问三七二十一，过去就是一拳。不想这一拳打去，那位新校长不觉得怎么样，还是在那里站着，他打得手生疼。这时施蕙英也进来了，越发打扮得漂亮，不像以前那样素净了。她笑着吻新校长，仿佛庆贺他胜利。萧涤澄更气了，过去又给施蕙英一脚，他以为这一脚便

186

把施蕙英踢得半死，不想踢得自己脚趾疼起来，给他痛醒了。

醒来一看，方知道是个梦，而脚却踢在床栏杆上。既知道是个梦，心里又安慰了一些。因为他知道施蕙英不会像梦中那样使自己难堪的。或者她未必对自己负心，看她以前对自己那样热烈是不会变的。可是能对自己热烈，也许会对别人热烈的。唉，不想了，把她当作一个梦吧。

他住到医院里去，学校告了假。住了几天，精神略微好些，又到学校上课。但他一到文书课，看到施蕙英坐着的椅子，她所用的东西和签到簿上她的旧有签名，他就伤心起来，以后，他就不敢再到文书课了。

他继续打听施蕙英的消息，他非要知道她的真消息不可，万一她在想念自己呢。后来打听出来了，施蕙英被家里监禁着不叫出来，他快慰了。

可是想到她在受罪而自己快慰，又觉得自己有点残酷，他又难过起来。他每天在沉闷里，期盼着施蕙英的消息。他想：施蕙英这时也许说："萧啊，等待着我吧，我是永不会忘掉你的。"想到这里又笑了。

在别人，看见他一喜一忧的样子，也不知道他心里想的是什么，便以为他受了重大的刺激，得了神经病。他每天下课后，或者一个人仍跑到中南海追忆以前的快乐，或者跑到施蕙英家门外绕一个圈儿，他并不希望能够意外地碰上她，他只是把这个时间完全消耗在想念施蕙英的事情里，他觉得唯有这样做，才对得起施蕙英。

有一天，他仍旧走到施家的门口，忽然门前停着一辆汽车，他心里又跳了起来。汽车，是谁来了呢？是竹村的朋友？是他的亲戚？是一个对施蕙英有野心而来请她出去玩的？也许是她被母亲强嫁给一个阔人？他的心乱了起来，不知怎么好了。

走到切近，一看门口儿，贴着两个大红斗封，写着喜字儿，他陡地一跳，再看旁边还有个红纸条，上面写着"施宅喜事，在蓬莱饭庄举行"，他真是说不出来是什么滋味。他想：难道她一点不反抗吗？完全听了母亲的主意吗？唉，金钱！女人的心！他几乎掉出眼泪。

他匆匆跑到蓬莱饭庄，打算假意在里面吃饭，顺便打听打听嫁给谁家。到了蓬莱饭庄，门前并没有悬彩挂旗，也没有什么喜事的点缀。他很奇怪，便走了进去。伙计让进一个单间，伙计问他喝酒不喝，他想一醉解千愁，喝一点儿无妨，于是又要了酒菜。

伙计出去了，他往外窥看，见并没有什么办喜事的痕迹，他很奇怪，也许是已经娶走了，本来聘闺女是新娘一走便没事的了。看她家门口的汽车，便可以知道是已经回家了的。

伙计把酒端进来，他便问道："你们这里今天谁家办事？"

伙计道："没有，今天不是好日子，二十五号是黄道吉日，我们这里有四五家办事的呢。"

萧涤澄一边倒酒一边道："噢，还没到，我问你，二十五号有施家在你们这里办事吗？"

伙计道："有，施家，李家，张家……"

萧涤澄道："噢，那么一说，今天是二十号，还有五天。"

伙计道："是啦。"

萧涤澄道："施家办喜事是聘闺女吗？"

伙计道："大概是，我说不清，预备三十桌席，施家是很有钱的，老主顾了。"

萧涤澄一听，十分伤心，想到施蕙英这时候是快乐呢，还是想我呢？

伙计刚要走，他道："你知道施家聘闺女，那男家是谁吗？"

伙计道："说不清，对啦，咱们不好问，是不是您老。"说着走出去了。

萧涤澄一个人喝着酒，一边想着，想到半个月前还和施蕙英那样的相亲相爱，现在是这样的孤零凄苦，他不由自主地无节制地喝着酒。本来他是不会喝的，这一来，喝得酩酊大醉，人事不知，糊里糊涂地被饭馆子伙计送回家去，不知他们是看的名片，还是由自己嘴里说出来的。

他只是醉睡着，第二天稍微清醒一点，可仍是不好过。听女仆说，才知道昨天吐了好些。他想爬起，起不来，他又病了。每天总是那么似睡不醒的样子，昏昏沉沉，饮食不进。

他每天叨念着二十五号，到了二十五号，他想到蓬莱饭庄，他想看施蕙英，但是他怎么也起不来。爬了起来，头晕得难受，他又躺下了。

他悲哀，他哭起来。他想：完了，全完了，过了今天，施蕙英便是别人的人了，从此萧郎是路人，他颓败得几乎死了过去。

这时候，还得说说施蕙英。

施蕙英被禁在家里，病了几天，请大夫诊治了几回，吃了几服药，渐渐好一点。同时家里的人又两三安慰她，这才能够起来。

她母亲对她说："你二妹的事情就快到了，你也应当欢喜欢喜，大喜的事情，你总是愁眉不展也不像话。"

于是她强打着精神，陪着欢笑。有时还给二妹做点针黹活等等，渐渐也安宁下去。

二十五号是她二妹出阁的日子，在二十三四这两天最忙，亲戚朋友不断地来，施蕙英忙着给应酬。到了二十五号，自更形热闹，免不了一番熙熙攘攘。越是这样，她越不好过。二十五号以后，又忙了几天，才渐渐安定。可是家里又少了一口人，不免显得冷静非常。

这天，二妹的丈夫同二妹一块儿来家，二妹的丈夫姓成单名一个实字，在银行里做事。

来到家里，施蕙英几天没见着二妹，今天见了，特别欢喜。她看成实这个人非常老成，性情也很柔和，见着大姐又亲热又和气。施蕙英想二妹受不了委屈的，便很放心。

她拉着二妹的手到里屋。二妹笑着说道："姐，这屋里没有改样儿呀。"

施蕙英道："这几天始终没得工夫，一天忙到晚，你一走，可不就我一个人忙了。你倒好啊，又白又胖。"

二妹笑道："姐，我还说瘦了呢。"

施蕙英笑道："妹夫对你怎么样？"

二妹抿嘴笑道："我们不谈这个。"

施蕙英笑道："明年这时候就不能你们两个人来了。"

二妹打她道："姐姐你瞧你。"

施蕙英笑了起来，二妹道："知道你是过来人了，所以见着萧郎……"

施蕙英又打她道："你再说。"

这时老妈子端茶进来，见了她们便道："噢，姐儿俩见面就打架。"她们都笑了。

施蕙英道："妹夫挺老实，看外表就可以知道，将来你一定不错，你比我有福气。"她们一边说着一边喝着茶。

190

到了晚上，施老太太留她们吃饭，施蕙英作陪。席间她和成实谈了谈，觉得这个人很好，二妹真是有造化，她不禁为二妹庆幸。

晚饭后，二妹留住在家里，成实一个人回去了。二妹和施蕙英仍旧睡在一个床上，姐儿俩谈着心。

二妹道："姐姐不要发愁，我一定叫他给你介绍一个好的对象。"

施蕙英道："不用，我这一辈子就算完了，我决不想再出嫁了。"

二妹道："你还是想萧涤澄吗？不要紧，就是萧涤澄我也有法给你打听，如果他并不是像大家说的那样，我以性命担保向他去说。"

施蕙英道："不用了，那样争出来的也不香，将来我还落个不好的名誉。真是，你不用说了，我这样一直活到死，我倒还能活着，如果你一提，我得即刻死去，你瞧着的。"二妹便不再说什么，只是安慰她几句而已。

第二天，成实又来把二妹接了回去。到了家里，成实说："你大姐这样美丽，为什么还没出嫁？"

二妹道："她已经出嫁了，只是丈夫死了，她现在守着寡。"

成实道："啊呀，这样年轻守寡，我不赞成，这样岂不把她的一生幸福失掉了吗？"

二妹道："谁说不是？大家也是这样劝她。唉，她的命运也真坏，她爱上了一个教授，两个人都商谋到婚事了，可是后来听别人说这位教授没有钱，并且还有好几个太太，母亲不乐意了，也骂了一顿。她受了这第二次打击，已经失去了勇气了，她说青灯古佛，了此一生了。"

成实道："唉，这多么可怜，你慢慢有工夫可以劝一劝她，最好把她接来，在咱们家里住几天，我有工夫也可以向她去说。"

二妹道："你不会给她介绍一个对象？"

成实道："可以可以，我正要这样做。"他们两口子谈了会儿，便决定星期日由二妹回家去接施蕙英。

到了星期日那天，二妹回家了，成实到市场去买点心之类，为是招待来宾。因为市场离家很近，便散步走着。

正在走着，忽然对面来了一个人，非常颓唐的样子，低头慢慢走。他一看，却是十年前的老同学萧洁，毕业后就不常见，只是偶尔在街上或朋友宴会上遇到几次，都没得工夫谈话。

他知道萧洁在同学时代，是最活泼的一个人，就是后来见面，也还很天真的样子。今天他这样颓唐，不由奇怪起来，忙问道："老萧，老没见了。"

萧洁抬头一看，却是成实，便道："嗬，老成，真是老没见了，你还是那样啊，上哪儿去？买这些东西？"

成实道："太太请客，我这给她买的。"

萧洁道："你结了婚吗？啊，真是幸运儿，新婚一定很得意吧？"

成实道："我说，你有工夫吗？我们市场找个咖啡馆谈会儿。"

萧洁道："也好，我们老没有谈了，真想和你痛快谈谈。"

说着，两个人便进了咖啡馆。坐下要了咖啡，成实便道："我们又有许多日子没有见了，你以前精神很好，今天为何这等样子，想是受了什么刺激？"

萧洁叹口气道："唉，你结婚了，你真幸福，我这一辈子算完了。头一次，便给我一个打击。"

成实道："是不是失恋？"

萧洁道："其实是很简单的事，就是学校里新来了一位女职员，我爱她，她也爱我，我们都要结婚了，她的家发生变故，不叫她到学校里来了，以后的情形我便不十分清楚了。这一点儿事，本来不

192

是什么了不得的事，可是我爱她，我非常爱她，有两个月的工夫，我们是天天在一起的，每天下班便一块儿去玩。我们已经达到最高的爱，我实在不能离开她，她是我的一个好太太，我一刻不见她便想得要命，说不出来是怎么一回事。"

成实道："你是富于情感的人，在学校时代我就看出来的，你是禁不住这种打击的。平常的时候，都说我性情好，将来要在女人身上失败。殊不知我的情感永远那样平和，不太热也不太冷，所以永远能保持我的快乐。说句笑话，就是全无心肝吧。你的情感太容易冲动，热起来不可抵制，所以你要是走顺了，是急转直下；要是走逆了，那简直不得了，真许能够自杀。我劝你把世事多看透一点，不必这么情感用事吧，比方我对太太好，别人看着像是很有感情的，其实不是，我这是理智作用的。我觉得这样做对的，是应当的，是一种礼貌。这样，我便一点痛苦没有了。老萧，不要灰心，打起你以前的勇气来，有机会我给你找一个对象，准保满意。"

萧洁道："不，谢谢你的厚意，我相信世界上再没有一个人比她嫁给我更合适了。"

成实道："这也不见得，你到底还是感情用事，我的太太有个朋友，我认为和你很相配，一个文学家应当娶那么一个太太的。"

萧洁道："不，无论如何我是不再娶的了，除非她得到自由。"

成实道："好，将来慢慢再谈，你现在仍是住在那里吗？"

萧洁道："是的，学校也还是那个学校，有工夫希望你找我去。"

成实道："一定，最近一两天的，我就要去的，我的家你知道吧？"

萧洁道："倒忘记了，是不是什么井儿胡同？"

成实道："是的，你再拿我一个名片吧，连电话都有的。"说着拿了一张名片给他。

两个人又说了会儿话，喝了咖啡，这才别去。成实回到家里，太太还没有回来，他便把所买的东西都一一摆出来，花瓶里又插了些新的花。

他正在换花瓶里的水，施蕙英和二妹走了进来，成实还不知道，嘴里一边唱着歌，一边收拾东西。成太太便笑着也不理他，便和施蕙英走到屋里去了。

老妈子进来，见成实弄花瓶，便道："您交给我吧，您去陪着客人说话去吧。"

成实道："客人在哪里？"

成太太在屋里道："客人在那里。"

成实连忙进到屋里一看，果然施蕙英在里面。成实笑道："你们什么时候回来的？我怎么一点儿都不知道？"

成太太笑道："你这呆子，进来个人把东西搬了走，你也不知道。"说着，他们全笑了起来。

成实道："我刚由市场买回东西来，你看还缺什么？大姐都喜欢吃什么？"

施蕙英道："我什么也不吃。"

成实道："也没有买什么。"

成太太道："吃完晚饭，你请看电影吗？"

成实道："可以，听戏也成，喜欢听戏喜欢看电影？"

施蕙英道："我不喜欢到娱乐场，我愿意在家里谈谈天倒好，本来我是不想出来的，二妹一死儿地拉我出来，跑到这里，又打扰妹夫来了。"

成实道："哪儿的话呢，这倒是我的意见，我怕大姐待在家里精

194

神一天比一天颓靡，所以特别请到我们这里玩些天，我到行里上班去，有您二妹可以陪着您一块玩儿。电台这时大概广播着相声，大姐听一听吧。"说着，便把无线电机捻开，电台正放着西乐。

施蕙英因为萧涤澄会音乐的，那时常常唱给自己听，现在一听音乐唱片，不免想起萧涤澄来，她又悲哀了，眼眶子里一阵发热。她因为在人家里，不好意思过于伤感，勉强抑制住自己，勉为欢笑。

成太太道："那个留声机有好片子，王人美唱的，陈玉梅唱的……"

施蕙英道："有特别快车吗?"成太太笑着跑了。

成实道："大姐吃点心吧，栗子是新炒的，栗子也好。"

施蕙英道："您别张罗。"说着，拿了栗子剥着吃。

吃过晚饭，成实又请看电影。晚上回来，他们早已给施蕙英预备了一间屋子，收拾得很干净。成太太怕蕙英寂寞，便要和她一同睡。施蕙英以为夫妇应当在一块儿，不能因为自己把人家的新婚快乐耽误，遂执意不肯，说："一个人睡最好，你去吧，有你我更睡不着了。"

二妹以为接蕙英到家里，为是叫她快乐，把她一个人放在一间屋子里，自己反而同成实在一块儿，更容易引起她的伤感来，所以执意要同施蕙英住一块儿。施蕙英以为她害羞，不好意思，于是两个人便推让个不休。

成实走了过来，两个人便全看他的主张了。成实没有料到她们心里有这许多弯儿，他是想把今天和萧洁碰上的话向太太说说，就手儿想给萧洁和施蕙英介绍，也要和太太商量的。这商量的情形，是要背着施蕙英说才好，白天总是没有机会，只好等到夜晚，所以他走了过来便道："你叫大姐早些歇着吧，别在这里打扰了，有话明

195

天再说。"

施蕙英一听便笑道："还是妹夫直爽，去吧，还在这里待着干什么？"

二妹脸红了，瞪了成实一眼，说道："你去吧，我还陪着姐姐说话儿呢。"她不好意思说怕姐姐看咱们在一块容易引起她的伤感。

成实道："白天累了一天，夜里还不睡觉，叫大姐多休息一刻不好？"他也不好直接将给施蕙英介绍萧洁的话说出。

二妹以为他是离不开自己，所以脸红了起来，越发不好同他去了，弄得非常僵。

施蕙英也直催促二妹快去，二妹只是不肯。成实是急得手足失措，二妹羞得脸红耳熟，施蕙英笑得是前俯后仰。

半天，成实没了办法，遂俯在二妹耳朵上说道："我还有话对你说。"

二妹哪里肯信，越发不肯理他。

成实着急道："我再跟你说几句话。"说着，便俯在她的耳旁说："关于大姐的事，我今天想出一个好办法来，要跟你说，你不去我怎么说呢？"

二妹道："真的吗？"

成实道："我撒过谎吗？"说着又俯在她的耳旁道："今天我在市场遇见一个同学，这人很好，我说，回头我再跟你细谈。"

二妹一听，才首肯道："好吧，你休息吧。"

施蕙英笑道："我说什么，本来就不应当跑我这儿来。"

二妹走着道："你不明白，我明天再告诉你，准保你喜欢听。"

施蕙英料出他们的意思来，便道："快走快走，我要关门啦。"说着，便推他们出去，把门关上。

成实和成太太出来，打着回到自己屋里。两个人躺在床上说起来。

成实道："今天真巧，遇见我一个同学，这个同学的人品又好，学问又好，那时在学校里，他是第一个被先生喜欢的。他并且很活泼天真。毕业后便当着教员，但是学生脾气却没有改。我见着他几次，仍是那样活泼天真，那个人太好了，他老主张人应当返到自然，应当天真，不应当矫揉造作，作伪心劳。我那时曾劝过他，说他将来不免要受痛苦的。那时我们整天在一块儿，真是情投意合，无所不谈。今天碰见他，真使我惊讶了，他是非常颓废的样子，我知道他一定受了刺激，他那人是禁不住刺激的，我便约他到一个咖啡馆来谈。原来他是失恋了，所谓失恋不是女人不爱他，是女人的家属不叫那个女人爱他。那个女子也可怜的，天下可怜的人太多了，没办法。我想到他一定很寂寞的，假如给他找一个好太太，帮助他料理家事，他一定得到好大安慰。我想，大姐不是喜欢有学问有品行的人吗？我那个同学太合适了，和她一说，再好没有，简直是天作之合，所以说姻缘真是神秘，我看总是有天意的。"

成太太一听，不胜欢喜。她道："我明天就对她去说，慢慢探她的意思，自然，她没有一下就答应的，总得慢慢去说，日久也就成了。不过你那个同学最好叫他来一下，我看一看他。"

成实道："明天我就去，我已经和他说了。太太，现在什么时候了？"

成太太道："呀，都两点钟了。"

成实道："怎么样？"

成太太道："讨厌。"说着把头用被子一蒙。

第二天，成实找萧洁去了。萧洁正在家里，见了他，忙让在客厅，畅谈了起来。谈到同学时那种快乐，两个人便大笑着。

成实道："老王老久没有见了，去年见了一次，他在当巡警，唉，真可怜。老李听说唱戏了。"

萧洁道："他在学校时就那么姑娘气，他要唱戏，一定还不错。"

成实道："那时你们时常在一块儿，大伙儿尽哄，说你们两个人同性恋爱，你还记得?"

萧洁笑道："那时是真有意思，什么也不懂，什么恋爱不恋爱，一点不懂，这时如果像那时天真，也就没有痛苦了。"

成实道："谁说没有痛苦，那时候你全忘了，跟老李老离不开，教室里也一块儿坐着，出门也是一块儿走，干什么都是一块儿，有一次老李跟我说了几句话，你这个气就大了，有三天你没有理我，你不记得吗?"

萧洁笑道："我全忘了，要是这时候，我决不吃醋的。"

成实道："这时当然有这时候的话，这时候你另爱了一个人，假如你所爱的人跟我结了婚，你还不跟我拼命吗?"说罢，两个人全笑起来。

萧洁道："爱情这个东西真是神秘得很，怎么会有嫉妒在里面?要是大家玩玩大家快乐多么好。"

成实道："那就没有夫妇了。"

萧洁道："我觉得这样好。"

成实道："可是办不到呀，假如人情没有遏止，那社会不知要乱到什么程度。"

萧洁道："那么太古时代，人们生活不是也很好的吗?"

成实道："那时人们没有知识。"

萧洁道："知识与爱不相干的，没知识的人和有知识的人，他们同爱一个女人，爱的程度是一样的，不过有知识的人可以把自己心里的爱意完全用文字语言表现出来而已。"

成实道："我想起一件事来，你现在还需要人来安慰不？"

萧洁摇了摇头道："不要再谈这个问题吧，我是无论如何也不谈此事了。"

成实道："我跟你说，这个人准保你满意，你一见着她就喜欢她了。"

萧洁道："你说什么也不成，现在我的心已成了死灰，再也不能复燃了，除非我再见着她。"

成实道："你上哪儿找她去呢？"

萧洁道："我想先打听她嫁给谁了，然后再说。"

成实道："她已经出嫁了，你打听出来，也是没有用呀。"

萧洁道："我只要见她一面就得。"

成实道："见了面，得不着更难受。"

萧洁道："也许她能跟我私逃。"

成实哈哈笑起来道："你真是越想越奇了，你不怕犯罪吗？"

萧洁道："什么也不怕。"

成实道："况且女人一出嫁，便什么都完了，她决不会同你私逃，假如她的丈夫比你再有钱些，漂亮些，你呀，老萧，哼！"

萧洁道："我们不谈这个问题好不好？"

成实道："可以。我说，你有工夫到我家里坐一坐，我可以给你介绍我这位新婚的太太。"

萧洁道："好，过几天一定去。"

他们又随便谈了谈，成实见实在说他不动，也就算了，慢慢再想主意。他辞了萧洁，回到家里，太太正和施蕙英说着话儿。两个人见面，各皱了皱眉，知道两方面都没有好消息。

成实进到屋里，成太太跟了进来。成实道："你和她谈了没有？"

成太太道："一天尽谈这个问题，她总是不应。她说，再要谈这件事，唯有死去，没办法。"

成实道："真糟，做媒是双方都得说得心投意合才成，即或有一头不乐意，还可以慢慢说，现在两头儿都和石头一样坚，这个媒人如何做得？我看还是不管的好，还是叫他们各人找各人原来的对象去吧。我老想：一个旷男，一个怨女，两个凑在一块儿，不是挺好吗？谁知道他们都这么心坚。"

成太太道："我想最好叫他们见一个面，我想你那同学就是多么坚决，但是见了姐姐，他一定会活动的。"

成实道："对，最好使他们见面谈一谈，就能谈得入机了，我也是这个意思，所以我约我那同学到咱家来一趟，他已经答应过两天来的，大姐最好这几天别叫走，多住几天，你也先别和她谈这件事，别把她逼走了。"

成太太道："我知道。"

平静地过了几天，萧洁也没有来。施蕙英非要走不可，成实以为萧洁是不会来了，遂叫成太太送她回去。她们刚刚去了不久，萧洁来了，成实把他让到里面，非常后悔，直跺脚叹气的。

萧洁问他为什么。他说："刚走，你早来几分钟就可以遇见了，你瞧，这巧！真！"

萧洁道："这有什么？你说的是谁呀？"

成实道："就是我跟你说的那个女子。"

萧洁道："算了吧，没见着倒好，我实在不赞成你对我这样，你知道我，你不应当强迫叫我爱一个不相识的女子。"

成实道："不是呀，我是后悔你没见着我太太，我太太送她去了。"

萧洁道："这倒是不无遗憾，可是机会还有，将来还见得着。"

成实叫底下人沏了茶，他们一边吃着烟一边谈天儿。成实道："喂，老萧，我们同学多少年，我始终不知道你号叫什么，同学见了面，总是叫名字，太不客气了。我们在社会上，自然都是有地位的，叫名字，太不合适。"

萧洁道："是的，我自出了学校，便改了名字，我现在的名字叫作'萧涤澄'，你的号呢？"

成实道："我的号叫友忠，俗得很，你的号很好，涤澄，多么雅洁呀，哈哈。"

他们谈了一会儿，萧涤澄道要走，成实非留他吃晚饭不可。他的意思是好叫她的太太回来，和他谈谈。谁知道萧涤澄只是不肯，到底走了。他走了不久，成太太便走了回来，成实又直道后悔不止。

成太太问怎么一回事，成实说："你们刚走，我那同学就来了，这巧。现在又是他刚走，你却回来。"

成太太道："他们意志既然那么坚决，见不见也没有什么，以后咱们也不必管了。"

不提他们说话，且提萧涤澄自成实家里回来，感到有太太的快活，他又想起施蕙英来，心里一阵活动。第二天又到蓬莱饭庄去吃饭，这回赶上一个伙计好说话，他平常就爱打听个事儿，管个闲事儿。

萧涤澄便问起他来道："上回二十五号施家办事，本家请了我了，我因为那天有事没来，我跟你打听，施家小姐的男方姓什么来着，我忘了，我要补个礼什么的。"

伙计道："是啦，您哪，施家是老主顾啦，男家姓成，是啦。"

萧涤澄道："姓成？这个姓不大多。"

伙计道："可不是您哪。"

萧涤澄道："住在什么地方？"

伙计道："住在东城什么井儿胡同。"

萧涤澄道："是，真的吗？你见过新郎什么样？"

伙计道："娶亲的时候我看见，四方脸，胖乎乎的，身量不高，戴着眼镜。"

萧涤澄道："呀，那是我的老朋友。真是大水冲了龙王庙，我即刻就找他去。"说着连饭也顾不得吃了，扔下两块钱就走。

伙计一看，这人真有点半疯儿。

萧涤澄走出来，不禁悲哀了。他想施蕙英嫁了成实，成实说他们的感情很好，可见施蕙英一定不会爱我了。可是成实那个人也不错，倒不能怨她的，我还是不找他去吧，惹起他们的烦恼也不好。可是我终究不甘心，能够见她一面，使她知道我仍旧爱她，我也就满足了。为了老朋友的关系，我得牺牲了。唉，命运是这样的坏。

他一边想着一边回到家里，晚上想着这个茬儿，不知是酸辣苦甜咸。想到成实娶了施蕙英，他们感情是那样好，这是酸的；想到施蕙英居然抛了自己嫁给别人，未免无情，这是辣的；想到成实因为是老朋友的关系，不好再见施蕙英，这是苦的；想到施蕙英的下落打听出来，晓得她还在人间，并且还能和自己见面，这是甜的；想到已经到了手的老婆，被人娶去，那种快乐叫别人去享，真是有点咸了吧唧的了。

他正想着，忽然成实又来访他，他便让到里面。

成实见了他道："咦？今天你的精神与往日不同。"

萧涤澄道："怎么不同？"

成实道："往日你只是一种颓废的神气，今天你似乎很兴奋，虽然仍不免颓丧的样子。"

萧涤澄道："唉，你所见的果然不差，可是也没有什么。"

成实道："你的话真有点奇怪，我想你一定找着你的爱人了吧？"

萧涤澄道："是的，找着了。"

成实道："那是多么可喜的事情，但你为什么还这样不高兴？"

萧涤澄道："我很高兴，可是，唉，也难说。"

成实道："你干脆对我说了吧，咱们老朋友，还隐隐瞒瞒地做什么？有什么事我能够帮忙，我一定帮忙。"

萧涤澄道："这回我想你不能帮忙了。"

成实道："怎么？我却不信，我一定要帮忙。我说，你的爱人在哪里？"

萧涤澄道："不好说，唉，我非常难受，最好不要谈这个问题了吧。"

成实道："不，老朋友，你就这样不相信我吗？"

萧涤澄道："我说了，徒自惹你的苦恼。"

成实道："怎么会引起我的苦恼？"

萧涤澄道："不用说了。"

成实道："不，非说不可，我绝对没苦恼，你说吧，只要能由颓废中把你救出来，怎么牺牲我都干。"

萧涤澄道："只恐怕这回你牺牲不了。"

成实道："一定能牺牲，老萧，你相信我。"说着，便紧紧地握着萧涤澄的手。

萧涤澄道："这样吧，我只是说说算了，反正已经是过去的事，可以不必管它了，说说好玩，也不必办，因为我现在很庆幸，庆幸她得了一个好丈夫，这位丈夫又是我的好朋友，我已经安慰了。不过我所希望的就是叫她知道我并没忘，呀，不说也好。"

成实道："怎么老说半语子，以前你是个很痛快的人呀。你说，你的爱人现在在哪儿呢？"

萧涤澄道："她吗？跟你住在一条胡同。"

成实道："呀，那可好，我们都可常看见她了，她住在哪个门？"

萧涤澄道："她就住在你那个门里。"

成实惊讶道："什么？在我那里？快说！"

萧涤澄道："你太太姓什么？"

成实道："姓施。"

萧涤澄说道："你们是不是上月二十五号结的婚，她家在蓬莱饭庄办事。"

成实惊道："是呀，是呀！你，她是……唉，怎么？你快说！"

萧涤澄道："你回去问她去吧。"

成实颓然了，他低头半天不语，他这时也是酸辣苦甜咸，五味皆有，不知怎么好了。

萧涤澄道："是不是？我说不告诉你的，告诉了你，你一定苦恼，现在果然。唉，我诚然是多事，我一个人痛苦也就完了，何必再叫你痛苦呢。老友，请你回去千万不要对太太说吧。"

成实道："不，我已经答应了你，帮你这个忙，我一定帮你这个忙。"

萧涤澄道："不用，我只是和你说说而已，并不希望你给办的，我再把你们的姻缘弄散，我的罪更大了，老友，无论如何，我是不希望你办的，况且……"

成实道："况且什么？"

萧涤澄道："况且这个事宣扬出去，也是不好看的。"

成实道："我是有了正义，不能顾及社会，况且，这事也是一种韵事吧。"

萧涤澄道："我太不赞成你这种论调，我们不能因为我们两个人而辱一个女性，她不是我们的玩物，可以随便换来换去，我希望你要尊重她，她也有她的人格的。"

成实道："那么，你叫我怎么办？"

萧涤澄道："我希望我能见她一面，和她谈谈，或是不见也可，由你细说亦可。你就说我为她不来了，我持着十二分诚意，来祝你们美好，祝你们白头到老，我，不必管了，也不必想念，我知道你们结婚，我是十二分快乐的，绝没有一点苦恼，请她放心。如果我们愿意做朋友，我也是很希望的。老友，你不要为这事苦恼，我想她既然同你感情很好，你告诉了她，反而能给她一种刺激，这是不好的，你慢慢和她谈吧，等到她渐渐忘掉了我的时候。"

成实道："你的意思固然可感，可是我不希望你为她不娶，我和她结婚，一点也不知道你们曾经有过一段爱史。要不然，我决不和她结婚的。老萧，我一定把你的意思给带到了，愿我们永远像亲兄弟一样。你的婚姻，我仍是负责给你进行的。"

萧涤澄道："唉，真是。"

成实道："我回去了，你休息吧，明天我还来，或者请你到我家里去一趟。"说着便匆匆回家，到了家找太太。

成太太见他这种神气，颇为奇怪。成实拉着太太的手，坐在沙发上，要说又不知从何说起。

成太太道："你有什么事吗？"

成实抓耳挠腮，不知怎么说好。半天，他才道："你，唉，你可以告诉我吧。"

　　成太太莫名其妙道："告诉你什么呀？"

　　成实道："你，唉，你未嫁我以前……"

　　成太太道："以前怎么样？"

　　成实道："是不是有个……"

　　成太太道："有个什么？快说！"

　　成实道："有一个爱你的人。"

　　成太太一听，当时脸都气白了，严色地说道："你听谁说的？"

　　成实道："你先别生气，也许是他说谎，说这话的人便是曾经爱过你的人。"

　　成太太一听，气得发抖。她哭了起来道："是谁这么浑蛋，胡说八道，我非要找他去不可，我跟他法院起诉，你这人也够糊涂的，你为什么就这样相信别人的话？"说着哭个没完。

　　成实着慌了，还没说了太太，太太先不答应起来。他也不知道是怎么回事，究竟萧涤澄说得对，还是太太说得对，自己没法儿决断，他听了两方的口吻，见了两方的神气，都不像是假的，这个怎么好呢？他低下头去，努力地思索，总是思索不出。

　　成太太跑到屋里，躺在床上，哭啼啼地不起来。

　　要知后事如何，且看下章分解。

第四章　终成眷属

萧涤澄把施蕙英的消息打听得放在成太太的身上，他贸然便和成实说了，成实也当作了真的，贸然就要把太太让给别人。成太太听了，不问消息来源，只知道委屈了自己，便大哭不止，问得成实反而没了办法。

这事不怨别人，而怨饭馆的伙计报告不清，没说明施家小姐出嫁是大小姐是二小姐，这一点错误，闹成很大的风波，几乎不可收拾。

最后成实想起一个办法来，是叫萧涤澄和他太太见面，一见了面，什么问题都可以解决了。想罢，又匆匆找萧涤澄去了。

萧涤澄自把苦情告诉了成实之后，又后悔起来，晓得成实回到家里必得和施蕙英去说，这一来，两个人必定闹得很僵，本来很和美的，叫你这一说，说得起了风波，未免太对不住朋友了。自己有这点痛苦，也可以忍耐下去，何必为了自己求快，而伤了别人的情感？

他越想越后悔，果然，成实又找了他来，他越发觉得不好过了，恨不能有个地缝子钻进去，他惭愧极了。

成实坐在椅子上，半天没有说话。萧涤澄就知不好，也不好意思说。

忽然成实道："老萧，到我家里谈一谈。"

萧涤澄道："不，我绝不去的。"

成实道："为什么?"

萧涤澄道："我很后悔，我不该这样告诉了你，唉，我的罪孽已经够了。"

成实道："我说，去一趟不要紧，使我太太见了你就得，也没有别的。"

萧涤澄道："不，我不愿意再见她了。"

成实道："再见她?"

萧涤澄道："奇怪吗?"

成实道："有一点奇怪，我说老萧，你就去一趟吧，我实在不好意思说出来。"

萧涤澄道："有什么不好说出来?"

成实道："唉，她说，她并没有见过你呀。"

萧涤澄先惊讶又归于颓丧。他道："没见过我?"

成实道："是的，她还哭个没完，所以我叫你去一趟，见一见就明白是怎么一回事了。"

萧涤澄又犹疑起来。他想：施蕙英不致说没见过我呀? 她对于我是那样的真挚，为什么转变到这样? 不会的，见一见她也好。他心里不定。

成实又一催促，并说："你如果不去，她永远和我不会快活地过日子了。"

萧涤澄便毅然跟了他去。到了成宅，底下人先对成实道："太太刚走，留下一封信。"

208

成实一听，当时晕了过去。萧涤澄大着其慌，连忙帮同下人，把他抬到屋里，救醒过来。底下人便把成太太留的信拿过叫他看。

萧涤澄道："先别叫他看呢，回头看了再晕过去更不好办了。"

成实道："不，我要看，要不然你念给我听。"

萧涤澄便把信拿了过来，还没看文，便不由一惊，因为那信的笔迹，不像施蕙英的。

他"呀"的一声，成实道："写的什么？老萧，念给我听，我的心要跳出来了。"

萧涤澄便道："我先求你原谅，我的见解错了，你太太写的是：忠：在你未释然以前，我暂且同母亲在一块儿。"

他念完了，又交给成实，成实道："哎呀，这个问题怎么能够释然呢？"

萧涤澄道："老友，过一分钟你就释然了。"

成实惊讶道："怎么？"

萧涤澄道："我的那位爱友，并不是你的太太。"

成实道："你是怕我痛苦吗？"

萧涤澄道："不是的，这笔迹不像，我可以回家拿她的信来比。"

成实一听，跳起来道："真的吗？"

萧涤澄道："真的。"

成实道："你在家里等我，我回去接她去，你不能走。"

萧涤澄道："当然，我不会走的。"成实匆匆去了。

成太太回到家里，便哭上没完，母亲和姐姐再三问她为了什么，成太太道："他今天回去，说我未过门之前，有一个爱人，我问他听谁说的，他就说是听我的爱人说的，太岂有此理了。他这样的糊涂，我真难以和他相处。什么坏人一说，他就信了，我不能受这个侮

209

辱的。"

说得她母亲和施蕙英都很生气，又安慰她道："成实那个人，看着不是糊涂人，一定有特别的缘故，你一来，他一定追来的，等他来了便知分晓了。"

她们正在说着，成实果然到了，气喘喘地进门便向成太太道歉，他道："我说，你回去吧，跟我回去吧，我那个同学记错了，完全不对的。"

成太太道："我不能回去，你是骗我呢，没有得到真证实以前，我决不回去。"

成实道："我绝不是撒谎，你回去就晓得了。"

她母亲和她姐姐也直劝她回去，她母亲道："到底是怎么一回事？"

成实便把过去的事一说，并说那个朋友见了她写的信上面的笔迹完全不对，所以他才知道是错了，他很抱歉呢。

她们一听，这才释然，成太太遂又跟着成实回来。

萧涤澄当真在家里等着，见成实夫妇回来了，真是惭愧得了不得，恨不得有个地缝儿都钻了进去。

他们进到屋里，萧涤澄一看成太太，不是施蕙英，不由怔了，同时脸也红了，连敢看成太太都不敢。

成实道："老萧，我给你介绍一下，是不是还用我介绍？"

萧涤澄道："我实在惭愧，我不该这样冒失，我太对不住你们两位了，这位大概是成太太吧，您不会责备我太粗鲁吗？"

成太太道："不，不过，我很想知道您是哪一位？"

成实道："他是我的老同学，姓萧，萧先生，他的人格我是素来钦佩的。"

成太太道："请坐下谈。"三个人落了座。

萧涤澄道："今天我太荣幸了，能够见着成太太，可是我又太惭愧了，我不知怎样向成太太抱歉。事情，大概成太太已经听我这位老友说了，我不是故意撒谎，请您多原谅。"

成太太道："你可以把事情的头尾，给我们说一下，如果我们有帮忙的地方，一定帮忙。"

萧涤澄道："那我是非常感谢的，事实是这样……"说到这里，他便把他和施蕙英的前前后后，并自己如何打听的话说了一遍。最后又说："真没想到结果是这样，可是我真奇怪，为什么明明很对，而结果不是呢?"

成太太笑道："怨不得，您一定是萧涤澄萧先生了。"

萧涤澄道："是的，我想我的老友一定把我的名字介绍给您多少次了。"

成太太道："他没有提过您的大名，可是您的大名我已经久仰得很了。"

成实一听，不由惊讶起来。

萧涤澄道："惭愧，可是您怎么知道是我呢?"

成太太道："因为您刚才说过的事情，我都知道的。"

成实和萧涤澄都惊讶了。萧涤澄道："成太太怎么晓得的?"

成太太笑而不答，萧涤澄更纳闷了。他道："您告诉我，您是听谁说的?"

成太太笑道："听您那位爱人说的。"

萧涤澄道："什么? 听她说的?"

成太太点头道："是的，听她说的，她说的比您说的还详细，她是睡在我的床上跟我说的。"

萧涤澄道："她是您什么人？"

成太太道："她嘛，她，她是我的姐姐。"

萧涤澄道："噢，她……"

成实也惊讶道："就是她吗？真有意思。"

成太太道："是真有意思。"

萧涤澄道："越说越有意思。"说罢，三个人全大笑起来。

萧涤澄道："这一说，她还在家里吗？我可以见得着她吗？"

成实笑道："岂止见得着，有几次叫你见，你都不见。"

萧涤澄道："是吗？"

成太太道："她在我家里住了好几天，我叫他请您去，只是请不来，谁叫您摆着很大的架子？"

萧涤澄道："我知道你一死儿地给我说媒，所以我不敢来。"

成太太道："难道萧先生不愿意我们做这个媒人吗？"

萧涤澄道："愿意愿意。"

成实道："愿意？为什么那时候会请不动？"

萧涤澄道："谁知道你们跟我说的是她呢？我以为你们跟我说的是别人。"

成太太道："谁又知道您的爱人就是她呢？"说罢又笑了起来。

成实道："今天我们非喝喝酒不可。"

萧涤澄道："先别提喝酒吧，最好先商量我怎样能够见着她，这事真是有意思极了。"

成太太道："见她还不容易吗？只要把她接来就成，这事虽然有意思，但还得怨萧先生。"

萧涤澄道："怎么？"

成太太道："您为什么不把她的名字说出来呢？如果早把她的名

212

字说出来，何致闹这么大误会，几乎叫我背黑锅。"

萧涤澄道："这完全怨我，我一定请客谢罪，可是我也得怨你们。"

成实道："埋怨我们什么？"

萧涤澄道："为什么你们给我的爱人说媒？"

成太太道："给您说还不好吗？"

萧涤澄道："那时您还不知道我叫萧涤澄呀。"

成太太道："那么这也怨我，可是谁叫您早不来呢？"

成实道："得啦，这篇糊涂账，越说越糊涂，我们还是先喝酒吧。"说罢，便调动下人，买办酒菜。

成实对太太说："你也帮助料理料理，不，你还是陪着萧先生谈话吧，要不然剩他一个人太寂寞了。"

萧涤澄道："我不寂寞，你们不必管我了，我一个人可以看报，一张罗我反倒疏远了。"

成太太道："我这时也没事，谈一谈也好，我对于萧先生的作品佩服极了，那时时常跟姐姐提到。"

萧涤澄道："不成东西，您还得多指教。您的日文怎么样了？学了没有？"

成太太道："您怎么知道？"

萧涤澄道："我听施蕙英说的。"

成太太道："一早就丢下了，先倒想学，只是没有机会，听姐姐说，萧先生的日语很好，可惜我姐姐没有学到底。"

萧涤澄道："一说也可笑，先还正经地学，后来，一谈到爱，功课就放在脖子后边了，她也不想学了，我也没工夫教，其实每天只用上十几分钟就可以学的，可是连十几分钟的工夫都不愿意牺牲，唉，爱的甜蜜，真是说不出来的。"

成太太笑道："越是这些越是吃苦，我姐姐也是如此，跟萧先生学了之后，回到家里，也不温习，只是跟我说和萧先生如何玩，萧先生如何爱她。"

正说着，成实走了进来说道："你们正在谈爱。"他们全笑了。

萧涤澄道："老成，你也来谈吧，不必管他们的事了。"

成实便坐下来道："今天非喝个痛快不可，老萧，醉了不要紧，睡到我这里，我这里单预备一间屋子，很清静的。喂，你的爱人曾经在那里睡过，哈哈哈！"

萧涤澄道："先别说笑话，我问你们，到底怎么叫我同蕙英见面哪？"

成实道："那还有问题吗？把她接来就成了。"

萧涤澄道："接来固然没有问题，可是最后怎么办呢？"

成实道："结婚，怎么办，这还是个问题吗？哈哈！"他又笑起来了。

萧涤澄道："可是有一样，要还能够结婚，我早就同她结婚了。皆因不能结婚，才有的这个悲剧，以前不能嫁我，以后就能嫁我了吗？"

成实看了看成太太，成太太也以为这是个问题。可是这个问题比以前轻得多了，她道："不要紧，慢慢自有办法。我看先不必和母亲说，等娶过来之后再说，母亲也没有什么说了。"

萧涤澄道："可是究竟是危险的事，娶过来再吹了，可更难受呀。"

成太太道："不要紧，有我担承，一切没问题，明天我就把她接来，今天萧先生不用走了。"

说着，老妈子说："酒已经热好了。"于是三个人便到另一个屋里。三个人坐下又喝又说，非常快乐。

萧涤澄道："我今天高兴极了。"

成实道："高兴就多喝些，来，咱们干三杯，一杯是久别重逢，二杯是慰你失意，三杯是祝福你们白头到老。"

萧涤澄道："好，干这三杯。"说着，连喝了三杯。

他又斟上了酒道："这回我该敬你们了，一杯是贺你们新婚，二杯是误论解释后压压惊，三杯是祝福你们白头到老。这回连成太太也得喝的。"

成太太无法，只得连饮了三杯。萧涤澄实在喝得不少了，平常，他是非醉不可，这回因为高兴，所以尚没有十分醉倒，可是已经醉醺醺地说话不大利落了。

吃饱喝足，成实便扶他到施蕙英曾经住过的屋里，问他还好吧，他道："不十分醉，就是头有点沉，躺一会儿就好了。"说着，便躺在床上。

成实给他倒了一碗茶，成太太也走过来，拿了几个橘子。萧涤澄见成太太进来，便想爬起来，可是力量软得很，只是起不来。

成太太道："躺着吧，躺着吧，不用起来了，吃两个水果就好了。"说着把橘子递了过去。

萧涤澄道："谢谢，谢谢！"拿了过来便吃，说道："我今天太失礼貌了，成太太，请原谅吧。"

成太太道："我们喜欢这样的，今天连我们都是高兴的。"说着又给他换茶。

萧涤澄道："成太太歇着去吧，不用张罗我了。老成，你也去，你太太寂寞，哈哈，去吧，我一个人成的。"

成太太笑着走了出去，又嘱咐成实多看着他。

成实便坐在旁边和他说话，萧涤澄道："去吧，你太太等着你，哈哈，我没醉，不用管我，我一睡就好了，你去吧，打扰了。"

成实哪里肯走，只是看着他，他一边说着一边渐渐睡去。

第二天一清早，成太太起来，便告诉成实去接施蕙英。成实因为怕家里没人，客人孤单了，有失礼貌，所以他便向行里打个电话，告一天假，在家里料理事务，静等着萧涤澄醒来。

萧涤澄醒来已经快近中午了，昨天的事大概还记得些，他一问成实，始知成太太去接施蕙英，成实却因为自己告了一天假，他深感他们夫妇对自己太关切了。漱口洗脸后，成实告诉他："施蕙英下午就可以来的，我太太恐怕被她们留吃午饭，我们不必等她们，我们两个人先吃吧。"

萧涤澄道："我一点也不饿，昨天吃的还没消化下去，她下午就来吗？"

成实道："一定来的。"

萧涤澄摸了摸下巴道："你的刮脸刀借我使一使，胡子楂儿又出来了。"

成实笑道："有有，我给你拿去。"

萧涤澄道："给我放在屋里吧。"

且说成太太到了母亲家，她们正在惦念她的事情，怕她和成实闹了意见，见她又一个人回家，以为又是闹了脾气，颇为吃惊。后来见她笑颜悦色的，才放心下去，便问她昨天的结果，她便把昨天的经过一说，但是萧涤澄的名字没有说出，怕母亲不乐意，用词也含糊其词地编了一点儿。

说完又道："今天姐姐到我那儿去吧，我接你来了。"

她母亲和施蕙英道："刚回来又去，不去了，过两天再去吧。"

成太太说："你去吧，我怪闷得慌的。"

施蕙英和她母亲又说："你今天不来，我正要去看去，母亲很不放心你的事。今天你来了，母亲放了心了，就不必去了。"

成太太一听，心想：那时还不如不来接她，一接倒接不动了。今天接不了，萧涤澄是怎样的着急呢？同时丈夫还在告着假，她便又催促她道："我真闷得慌，姐姐，你去吧。"

施蕙英道："要不然叫母亲去吧。"

成太太一听，大吃一惊，这要是母亲去了，那事情便更糟了，那如何去得呢？她便支吾道："你瞧你，你不去就得了，还叫妈受累。"

她不敢催她姐姐了，可是心里好着急。母亲又留她吃早饭，她哪里吃得下去呢？最后她想："非把实话对姐姐说是没有办法的了。"她趁着母亲不在屋里，她把施蕙英拉到里屋说道："姐姐你去吧，今天有点事要求你。"

施蕙英道："什么事呢？"

成太太道："你一去便晓得了。"

施蕙英道："不，你非得先跟我说不可。"

成太太道："有好的消息，对于你是有利的。"

施蕙英道："那我更不去了，我不喜欢听。"

成太太道："这是你最喜欢的。"

施蕙英道："我没有喜欢的事。"

成太太道："我担保你要不喜欢，我绝不再来接你。"

施蕙英道："你不用说了，反正我不去。若是去了我并不喜欢，那你岂不是永不能接我了？"

成太太道："我准保你喜欢就得了，去吧，这是你最喜欢的事。"

施蕙英道："你先告诉我不成吗？"

成太太道："先告诉你就没意思了。"

施蕙英道："还有这一说？我不信，你非先告诉我不可。"

成太太笑道："我一告诉你，你准喜欢去。"

施蕙英道："不一定吧。"

成太太道："那儿有人等你。"

施蕙英道："谁呀？"

成太太笑道："你最喜欢的人。"

施蕙英摇头道："不要再说这话了，我没有喜欢的人了。"

成太太道："实在是你喜欢的人，并且他也极喜欢你的。"

施蕙英道："到底是谁呢？你就说出来，打什么哑谜？"

成太太道："姐姐最喜欢的人是谁？"

施蕙英道："我没有了。"

成太太道："以前呢？"

施蕙英道："以前你也知道。一个是死别了，一个是生离了。"

成太太道："生离的是谁呢？"

施蕙英道："你不是明知故问吗？"

成太太道："我告诉你，现在那个人在我家里。"

施蕙英惊讶道："什么？在你家里？谁呀？"

成太太道："就是生离的那个人。"

施蕙英道："他叫什么？"

成太太道："他不是萧涤澄吗？"

施蕙英拉住她的手道："萧、涤、澄！呀，真的吗？真是他吗？"

成太太笑道："你爱信不信，反正你去了就看得见。"

施蕙英推她道："你瞧你，老不跟人说实话，是真的在你那儿吗？我不相信，他怎会跑到你那儿去？"

成太太道："你去了，就全明白了。"

施蕙英道："你看你这难人劲儿的，爱告诉不告诉。"

成太太笑道："我没说你一去就明白了吗？比我告诉你还清楚。"

施蕙英生气道："我不去。"

成太太笑道："爱去不去，我吃饭去了，吃完饭我还赶紧回去呢。"说着便站起往外屋走。

施蕙英拉住她道："我不跟你好了，你到底是说不说？"

成太太便笑道："我告诉你吧，我昨天不是说友忠有个朋友，把我当作他的爱人吗？那个人原来就是萧涤澄，他把我当作你了，你说可笑不？昨天他住在我们那里了，是我们不叫他走的。我跟他说，我今天把你接去和他相见，我怕叫妈知道又不乐意，所以没有说。你还直叫妈去，妈要去，不是更糟了吗？"

施蕙英一听，喜得流出了眼泪。她道："好妹妹，回头我一定跟你去，可是千万别跟妈说。"

成太太道："当然不说，你去了就知道详细了。真有意思，昨天我们听他说的，真是又难过又痛快。"施蕙英这时喜得眼泪直流。

这时她母亲走进来道："吃饭去吧，怎么？又哭了起来？"

施蕙英一边擦眼泪一边道："没有哭，刚才和妹妹谈起话来，说的她们街坊的事，我听着怪苦的。"

成太太道："姐姐太爱伤感了。妈，回头还是叫我姐姐跟我去吧。"说着，便一起走到外屋，坐下吃饭。

她母亲道："我也是叫她出去散散心，她总是不肯。"

施蕙英道："妈，我听您的话，今天我就同我二妹去了。"

母亲道："好孩子，本应该快活一点儿，年轻轻的老是这么暮气。"她们一听，欢喜不尽。

施蕙英连饭也吃不下去了，胡乱吃了点儿，便跑到自己屋里，整齐服装，又叫二妹用火剪烫头发。

成太太道："得了，走吧，到我家去烫，人家等得怪着急的。"

施蕙英道："我这头发多少天没动它了，简直成披散鬼了，稍微给卷卷梢儿就得。"

成太太无法，给她烫了发，换好了衣服，这才跟母亲告别，一起出门雇上洋车回去。她们都在想：这要是一见面，不知怎样的快乐呢！

成太太尤其欢喜，仿佛做了大功德一件。

到了家里，一直往里走。施蕙英反而觉得不好意思，成太太一边走一边喊道："来了来了。"她以为萧涤澄一定跑出来，会抱住她的姐姐的。

谁知一点回声也没有，她连忙走进客厅，只见成实一个人在坐着，见了施蕙英进来，忙起来让座。他道："刚刚走，多不凑巧，你真是不会办事，准知他在这里等得着急，为什么不快一点儿来？"

成太太一听，大失所望，施蕙英也颓然坐在沙发上一语不发，又气又悲。

成太太急道："我好容易把她约来了，你还埋怨我？谁叫你把他放走了？这是你的错，你非要把他找回不可，不然你对不起姐姐。"

施蕙英道："得啦，也不必找他了，叫妹夫受累，这怨我命不好，人家根本没把我放在心里。"说着就要哭。

成实怕引起她的伤感来，忙笑道："不要紧，我立刻就把他捉来，只要一念咒。"

220

成太太气道："人家气得什么似的，你还开玩笑，这样没心！"

成实见她们两个人，一个气一个哀，也够瞧的了，遂道："出来吧，再过一分钟我就要挨骂了。"说完，就见由屋里慢慢走出一个人来，她们一看，却是萧涤澄。

成太太又气又笑道："好，你们两个人编排好了气我们。"

成实笑道："你不知道我们等得怎样着急，我们因为生气，所以才编排这样，和你们开开玩笑，叫你们不舒服一会儿。"

成太太道："还有这样开玩笑的吗？我姐姐如果气死过去，你们横竖傻了吧。"

成实刚要说话，成太太接着说："得啦得啦，你先别叨唠了，先听听人家的，人家久别胜……"

她还没说完，成实道："胜什么？"

成太太道："讨厌。"

萧涤澄和施蕙英两个人一见，眼里都带了眼泪，萧涤澄走进了屋，坐在她的旁边，握着她的手，不知要说什么话，两个人怔怔地看着。

成太太向成实一使眼色，叫他即刻出来，可是成实偏要想看看他们两个人见面，要怎样的快乐，成太太的眼神他就没有注意，成太太赌气走了出去。

一会儿老妈子进来说："老爷，太太请您。"成实这才走了出去，老妈子给倒了茶，他走了出去了。

施蕙英道："你瘦了。"

萧涤澄道："焉得不瘦呢？唉，你知道我、我是怎么一种痛苦吗？"

施蕙英的眼泪马上落下来了，萧涤澄也不禁悲伤起来，两个人

221

抱着哭了一会儿，施蕙英倒给萧涤澄擦眼泪。

萧涤澄道："自学校那天离别，事后我没有一天不想念你，我还有一句话要问你，那天和你约好了在中南海相见，你为什么不去呢？你知道我等你是怎样望眼欲穿吗？"

施蕙英道："皆因我母亲给我打了一个电话，叫我赶紧回去，要不回去，母女就断绝关系。你想我能使我母亲对我伤心吗？"

萧涤澄道："可是你不知道我是怎样伤心吗？"

施蕙英道："我还以为第二天便能见到你的，你既然相信了我，我想你决不会疑惑我有什么别的变故，第二天一跟你说，也就解释了。谁知回去之后，再也不能出来了。"

萧涤澄道："但是想要和我相见，怎么都是可以的，打个电话，也不是难事，一去无音信，叫我空想着你，唉。"

施蕙英道："可是你知道我是怎样的受苦吗？我几乎去寻死。"

萧涤澄道："谁说不是呢，我也几乎去自杀。"说罢，两个人又抱着哭起来。

萧涤澄道："得啦，过去的不再提它了，我们只是想我们将来的快乐吧。"

施蕙英道："将来的快乐是多着呢，我们简直不知从哪儿想起，哥哥，只要我们永远这样相信着，就是再有更大的波浪，我们也不怕，也不忧虑了。"

萧涤澄道："那么，给我一个吻吧。"

施蕙英道："刚见着就是这件事。"

萧涤澄笑道："补偿我们的精神损失。"

施蕙英便热烈地抱住了他，他们热辣辣地吻起来。

这时，成实走进来，看见他们正接吻，进又不好，退也不好，他停了一停，可是他们的吻真长，总有几分钟，成实咽了一口吐沫，抻了抻脖子，真有点难为情。

施蕙英闭着眼睛，想象得出她是怎样的陶醉。她渐睁开她那惺忪的眼睛，看见了成实，她急忙把萧涤澄一推，自己不好意思起来。

萧涤澄看见成实来了，便笑道："请坐，你来正好，我们还要商量我们将来的办法。"

成实也不好意思地道："是，我刚进来你们谈着什么?"

萧涤澄道："你进来的时候我知道，我因为舍不得吻的甜蜜，所以没有招呼你，对不住。"

施蕙英道："你知道，为什么还……"

萧涤澄笑道："那怕什么，我们是老朋友了。"

施蕙英站起来走出去道："我找二妹去。"

成实坐下说："真甜蜜，你总还是这么爽快不羁。"

萧涤澄笑了。他道："你替我想个主意，我们还是怎样办好，马上结婚恐怕有难处。"

成实道："不要紧，有我们两口子作担保，我想你先用一个假名和她结婚，她母亲自然不会不答应的，就说我介绍。等到结婚后再更正过来，老太太也就没有什么了。"

萧涤澄道："这样不算欺骗吗?"

成实道："那有什么办法? 反正达到目的就得，不必求手段了，以后再叫老太太相信你，不是也好吗?"

萧涤澄道："也好，就听你的，以外也没有什么好法子。"

正说着，施蕙英和成太太走进来，成实便把方才和萧涤澄说的话又说了一遍。

成太太道："我们方才也商量许久，我们所商量的和你们所说的

223

也差不多，我想也就是这样办好些。"

萧涤澄道："不过有一样，最好别改姓，还是姓萧，就是叫我的学名萧洁最好，反正是我一个人，从未更名改姓，还落不到欺骗两个字。"

成实道："就怕老太太猜出来。"

成太太道："不至于，姓萧的当然多着，哪儿正好萧洁就是萧涤澄呢？"

萧涤澄道："可是萧洁，就是萧涤澄嘛。"大家一听全笑了，随后又说些怎样对老太太去说，怎么举行婚礼，越说越高兴。

到了晚饭，不免又让酒一番。萧涤澄怕这回又像上次喝醉了，所以没敢多喝，可是成实和成太太非灌他不可，仿佛故意叫他喝醉的样子。萧涤澄虽然不肯，但哪里禁得住夫妇殷勤相劝？并且成氏夫妇总是拿喜事两个字来扣他，使得他不好意思不喝，结果又喝得酩酊大醉。

他们把他扶到他的房里，临走却叫施蕙英看他一夜。施蕙英哪里肯，非要走不可。成太太为报复上一次叫自己难堪，她不但不叫施蕙英走，并且非得叫她看萧涤澄一夜不可。施蕙英本想和萧涤澄谈谈知心话，但是在这种情况下，她如何好意思。

成太太道："好，你还爱他呢，他喝得这样醉，连看他都不看，叫他酒醒了，又要伤心。"

施蕙英道："你们不要拿这话来扣我，我不听，你们是主人，为什么你们不管？倒叫客人服侍客人？"

成太太对成实道："姐姐不管也与我们无干，反正就看姐姐的心怎么样了，咱们走。"说着，拉了成实便跑。

施蕙英追赶不及，他们跑了，跑到他们自己屋里。施蕙英又不

224

好半夜里跑到人家夫妇屋里，同时她又的确惦记萧涤澄，怕他夜里醒来没有人看管，况且自己也想到和他总是夫妇了，看他一夜，又有何妨，所以只好羞答答地转到屋里，看萧涤澄睡得很香，她给他盖了被子，一个人便坐在灯下看书。

看着看着，眼睛发辣，也要想睡，可是她不愿意惊动他，只得伏在桌上。刚刚要睡着，忽然萧涤澄翻了一个身，说了一声"渴"，她连忙从暖壶里倒了一碗水给他。

他道："老成，下回我可不敢多喝了，我已经醉了两回。"

施蕙英道："你喝这杯水。"

他一听，挣扎了几下眼道："你是，蕙英？"

施蕙英道："对啦。"

萧涤澄接过水来了，又把茶碗递给施蕙英说道："现在什么时候了？"

施蕙英放下茶碗，看了看手表道："现在不到两点。"

萧涤澄道："哎呀，你还没睡吗？"

施蕙英道："刚要睡，刚才看书看得眼迷，伏桌上就要睡着了，我听见你说渴，才给你倒了一碗水。"

萧涤澄道："你困吗？躺下睡吧。"

施蕙英道："刚才我没敢惊动你，你睡得正香。"

萧涤澄遂往里滚了滚，匀出一条地方来，说道："来，你躺在这里。"

施蕙英便脱了长衣服，扔在萧涤澄的旁边。萧涤澄给她盖上被子，两个人一边说着话一边渐渐睡去。

第二天，成实到行里去办公，萧涤澄因为学校功课也不能再耽搁了，同时老在朋友家打扰也不合适，便催促成太太赶快玉成这件

225

事。成太太答应今天就给办去，叫他明后天听喜信。萧涤澄千恩万谢地走了。临走和施蕙英接了许多吻，并且安慰她不要苦恼。

他走了以后，成太太便和施蕙英又回到母亲家。

母亲道："怎么昨天去今天就回来了？"

成太太笑道："今天来和母亲商量一件事。"

母亲道："什么事？"

成太太道："我姐姐的事。哎，我想给我姐姐介绍一个对象，我姐姐老在家里也不能活，您不能让她青春白白过去了。"

母亲道："说的是哪，我也是这样想，我给她找了很多人家，她都不认可，人家来提亲的很多，她都不干。我这妈妈一死儿地逼着女儿改嫁，倒好像我容不下她似的，所以我也就听了她的。你姐姐的脾气太怪，不像你这样听话，她总是要找自由。你想，头一个已经跟着受了很大的罪了，她还受不够吗？这回我不管了，你和她商量，她愿意怎么就怎么。"

成太太道："妈说得挺好，她愿意怎么着就怎么着，可是她真怎么着的时候，妈又该生气了。"

母亲道："我只是不愿意她嫁那个萧涤澄，她要嫁也可以，我绝不拦着，可是我永远不和她走了。"

成太太道："我现在给提的是您姑爷的朋友，这个人是友忠的老同学，脾气又温柔，品行又高尚，学问又非常地好。"

母亲笑道："姑爷的朋友不会坏的，他这人就是老板板的，他要是介绍的话，我全满意。"

成太太笑道："您最好见一见他，跟他一谈就知道了，我跟他谈过，这个人实在好。"

母亲道："你看着好就没有错儿，你的眼光比你姐姐强得多，她的眼光太左了，叫我看看也可以。"

成太太道："您一看一定喜欢他，他家人口简单，收入也很丰富，我姐姐将来不会受罪的，妈最好跟她说一说。"

母亲道："我才不说，跟她说就看她脸子烘烘的。"

成太太道："您就提是我介绍的，她自然喜欢，我也从旁去说，就成了。"她母亲便答应了。

晚上，便把施蕙英叫到自己屋里，对她说道："你二妹给你说的事，你知道了吧？"

施蕙英装着不知道说："不知道呀。"

母亲道："你二妹怕你耽误了青春，到老来更自受苦，所以给你说了一样人家儿。姑爷不是外人。"

施蕙英以为母亲知道了，她道："谁呀？"

母亲道："就是成姑爷的同学，我想他的同学，一定不会坏的，孩子，你也该想通一点，别自己糟蹋自己了。"

施蕙英一听母亲反而劝她，也自好笑，她只是不言语。

母亲又说："听说他人品也好，学问也好，孩子，你哪儿找去呢？明天我想看一看他，叫你二妹把他约到家来，你也可以和他谈一谈。孩子，你听娘的话，不会委屈了你的。你答应了，明天就叫他来。"

施蕙英道："我不管。"

母亲道："是不是，我一猜你这孩子就不乐意，不乐意，我再也不问你的事了。"

施蕙英一听，又怕母亲当真不管，忙道："我说不管，并不是不愿意呀，妈说什么我没有听过呢？"

母亲喜道："好孩子，你听妈的话，准有你的好处，妈不会冤

227

你的。"

她们母女正说着，成太太走了进来。母亲便道："你明天能把他约来吗？我听着挺喜欢的，你姐姐也愿意了。"

成太太笑道："姐姐当真愿意了吗？"

施蕙英笑道："不愿意怎么着？"

成太太道："不愿意我就不管了。"

母亲道："两个人见了老不好好地说，刚才我跟你说的话你听见没有？"

成太太道："听见啦，明天就叫他来。"

母亲欢欢喜喜地道："你们歇着去吧，我也要睡了。"施蕙英便和成太太走了出来。

成太太低声笑道："怎么样？"

施蕙英道："回头再说，别叫妈听见。"两个人跑屋里便笑起来。两个人笑了半天，方躺到床上睡去。

第二天是星期日，成太太正想回家约萧涤澄来，可是成实却先来了，成实也为这件事着急，打算成太太说不好时，自己再帮助说一下。谁知到了这里，才知早已满盘满碗地办好了，他也不胜欢喜。

成太太告诉他，母亲今天要见萧涤澄，叫他把萧涤澄约来。成实一听，不胜欢喜，老太太还没起，他也不见老太太了，忙着又跑出去，到萧涤澄家里，把昨天成太太说项的事，说了一遍。萧涤澄自然欢喜不尽，遂同着成实一起去了。途中成实告诉他，见了老太太应怎样装老成，怎样随着她老人家的心意去说。

到了施家，老太太已经起来多时了，成实便带了萧涤澄见老太太。施蕙英躲在自己屋里不出来。

施老太太一见萧涤澄是个老实人，并且比成实还能干一些，她

228

喜欢极了。问了问家庭籍贯，萧涤澄一一回答了，只是把萧涤澄这个名字瞒住，而说是萧洁。

老太太见萧涤澄也是世家门第，越想越合适，便叫施蕙英出来。施蕙英还装着不肯。

老太太道："这孩子又不听话，再不来我就不喜欢她了。萧先生人多么好，跟人家谈谈也长些学问呀。"

施蕙英终于走出来了，成太太假作引见，萧涤澄和施蕙英假作初次见面，心里含着笑，脸上彼此恭敬地谈话，越谈越高兴。老太太也高兴起来，叫下人到饭庄子叫了一桌席来宴会他们。他们都是笑的，彼此相视领首，互相明白各人的心意。吃完了饭，老太太公开谈到施蕙英的婚事，说愿意把施蕙英给了萧洁，萧涤澄连忙起来拜倒。

施蕙英倚在母亲的怀里道："妈，我什么都听您的。"

老太太笑着把施蕙英抱在怀里说道："好孩子，真听话，将来不会委屈你的。"大家一齐全笑了。

有情人，终成眷属。《凤求凰》小说，至此结束。